光文社文庫

彼岸花

新装版

宇江佐真理

光 文 社

目次

彼岸花（ひがんばな）

つうさんの家

一

深川の家を出てから三日目に、ようやく目指す家のある村に着いた。多摩川の上流に位置するその村は、山また山に囲まれていた。

山の斜面にへばりつくようにして茅葺き屋根の民家が並んでいる。だが、おたえが向かう家は斜面の一番上の方にあるという。

集落の外れにある細い道を入ると、徐々に勾配はきつくなり、それとともに民家の数も減っていった。小半刻（約三十分）も歩くと、とうとう民家はなくなり、周りは高い杉の木立ちばかりとなった。本当にその先に家があるのだろうかと、おたえは訝った。だが、一緒に歩いている両親は別にとまどう様子もなかった。道を間違えてはいないようだ。

人の足で踏みならされた細い道がずっと続いている。所々、足場にするためか、平たい石が目につく。父の留吉は器用にその石を渡って歩くが、後ろに続くおたえと母のおよしは、一々、「どっこいしょ、よっこらしょ」と掛け声を入れる始末だった。季節はすでに秋だというのに、おたえは額にびっしりと汗をかいていた。

留吉が営む材木屋の「美濃屋」は、三年ほど前から商売の不振が続いていた。店に見切りをつけた番頭が他の材木問屋へ移り、その時、得意客まで攫って行った。

ただでさえ実入りが少ないのに弱り目に祟り目だった。借金が嵩み、これでは年を越せないと判断した留吉は、お盆が済むと早々に奉公人を解雇し、店と地所を人手に渡した。

借金を清算したら、留吉の手許に残ったものは、大坂の伯父の所へ行く路銀と小遣い程度の金だけだった。

伯父とは、およしの兄のことで、美濃屋の本店を商っている。深川の店は出店(支店)だった。

お父っつぁんは、きっと伯父さんにこっぴどく叱られるだろうと、おたえは思っている。お前が呑気に構えているから、こんなていたらくになるのだ、と。

いや、大音声で怒鳴られるのなら、いっそさっぱりするが、大坂弁でねちねちと留吉のやり方を批判するのだ。伯父の話し方は、おたえをいらいらさせた。

留吉の母親が亡くなった時、伯父はおたえの二人の兄を伴って江戸へやって来た。美濃屋の出店の主に不幸があっては知らぬ顔もできない。律儀な伯父はそう考えて大坂を発って来たのだ。留吉は婿養子だった。

二人の兄は十五歳の時から伯父の店で修業させられていた。いずれ上の兄は深川の店を継ぎ、下の兄は伯父の店の番頭になるはずだった。伯父は江戸にやって来た時、内所のことにも嫌味を言った。奉公人に出す食事のお菜を一品減らせだの、およしの恰好が派手だの、おたえが少し我儘で辛抱が足らないだのと。一度会ったきりだが、おたえは大坂の伯父が好きになれなかった。

二人の兄はすっかり大坂の人間になり、言葉も大坂弁だった。おたえはそれが少し寂しかった。

深川八幡の祭礼には木場の若い衆と神輿を担いだ二人の兄。おいら、おいらと自分のことを言って、気風もよかった。しばらく会わないでいたら、二人ともわ、てはなあ、などと言っておたえを白けさせたものだ。

両親はおたえをその村の家に預けたら大坂へ向かう。それから今後のことを伯父と相談するのだ。

深川の店を再建するお金を伯父が出してくれるだろうか。それとも伯父の店を手伝って、両親も自分も、いずれ大坂の人間になるのだろうか。先のことはわからない。

それよりも、自分だけ大坂へ行かずに、こんな辺鄙な田舎に置かれるのが承服できなかった。あたしも一緒に大坂に行きたいとおたえは縋ったが、両親は「後生だから、我慢しておくれ。なに、早ければ半年、遅くとも一年以内に必ず迎えに行くから」と言うばかりだった。大坂の店に一家で押し掛けるのを遠慮したものと思われたが、詳しい理由は知らされなかった。もっとも、今年十五のおたえは伯父の所へ行っても、足手まといになるばかりだろう。渋々、両親の言葉に従ったが、おたえの胸には不満が渦を巻いていた。

「つうさんって、お婆さんなのでしょう？　こんな山の中に住んで大丈夫なの？」

おたえは荒い息をしながらおよしに訊いた。

つうさんというのが、これから行く家の老婆の名だった。本当の名前は知らない。留吉と番頭が大坂へ用事で出かける時、およしは必ずつうさんの家に寄らせて、木綿の反物だの、羊羹だの、薬だのを届けさせる。つうさんは全くの独り暮らしだった。つうさんは親戚の人間らしいが、自分の家とどんな繋がりがあるのか、それもおたえは知らなかった。

品物を届けた後に、つうさんからはお礼の手紙が届いた。手紙の文字は美しかった。

「つうさんは滅法界(めっぽうかい)、足が達者なのさ。用事があれば、この道を何度も往復するらしい。そればかりか、毎日、沢で水汲みをして家に運んでいる。丈夫な人だよ」

およしは笑顔で応えた。

「ええっ？　傍(そば)に井戸はないの？」

おたえは驚いておよしを見た。

「ここをどこだと思っている。山の上だよ。井戸を掘っても水は出ないよ」

およしは呆れたように言った。

「じゃあ、洗濯はどうするの？」

「それも沢に行ってやるのさ」

「食べ物は？」

「お米はもう作っていないから、村の人に分けて貰(もら)うらしい。青物はつうさんが裏の畑で拵(こしら)えているよ。深川にいるより活(い)きのいい青物が食べられるよ」

およしはおたえを安心させるように笑った。

山の斜面の道を蛇行しながら進んで、とうとう平坦な場所に出た。そこに二階家がぽつんと一軒あった。二階家と言っても、二階は屋根裏部屋のようで、小さな障子窓がついているだけで、深川の民家のように桟を回した出窓ではなかった。

「おたえ。あの二階で昔、お蚕さんを飼っていたのだよ」

留吉は訳知り顔で教えた。

「今は？」

「今はやめてしまったよ。何しろ、つうさんは年だからね」

「つうさんって幾つなの？」

「およし。幾つになるのかねえ。七十かい？」

留吉はおよしに訊く。

「まだ七十前よ。六十八、いや九か」

およしは指を折ってつうさんの年を数えた。

「おや、つうさんが出て来たよ」

留吉が促した先に、腰の曲がった老婆が杖を突きながら家から出て来たのが見えた。年は六十九と聞いたが、七十と言われても、八十と言われても、そうかと思ってしまう。皺だらけの顔は陽灼けが滲みつき、こめかみの辺りに黒っぽいしみがある。すっかり白くなった髪をぐるぐると黄楊の櫛でひとまとめにし、てっぺんで結わえていた。継ぎのある野良着の下から手拭いを接いで拵えたらしい襦袢が覗いていた。

「ご苦労さんだねえ、よう来なすった」

存外に澄んだ声でつうさんは三人に声を掛けた。おたえは気後れを覚え、そっとおよしの背中に隠れた。

「この子はもう大きいのに人見知りして」

およしは苦笑して言った。

「ささ、濯ぎの水を用意しているから、足を濯いで休みなされ」

つうさんはおたえをちらりと見たが、構わず言った。

「この度はお世話になります」

留吉は丁寧に礼を言った。こんな貧しい形の老婆に、遠慮したもの言いをしなくてもいいのにとおたえは内心で思った。

家の中に入って、さらにおたえは驚いた。

土間には竈と流しがついていたが、粗末な棚の上に鍋が二つほどのっているだけで、ろくに台所道具もない。土間から上がると囲炉裏のある板の間だった。

壁際に年代物の根来塗り(ねごろぬ)の戸棚がでんとあったが、他に調度品のようなものは見当たらなかった。板の間から襖(ふすま)を隔(へだ)てて続いている部屋は、畳がすっかり赤茶け、ほつれが目立った。質素な暮らしぶりと言えば聞こえはいいが、おたえの眼には殺風景に映った。

足を濯いで板の間の囲炉裏の傍に座ると、つうさんは欠けた湯呑に茶を注いでくれた。

「これ、つうさんが拵えたお茶？」

およしは嬉しそうに訊く。

「ふん。できはあまりよくないが」

「うまいですよ」

留吉も愛想を言う。

「年を取ると駄目なものだねえ。昔のようには行かん。それでも身体がまだ動くのがありがたい」

つうさんはそう言いながら、ちらちらとおたえを見る。おたえはその視線をわざと避けていた。この老婆とこれから暮らすのかと思えば暗澹(あんたん)たる気持ちだった。

「里に下りたらどう？　ここより暮らしやすいと思うけど」

およしはつうさんを慮って言った。

「里へ行けば近所づき合いせにゃならんで、鬱陶しい。わたいは独りがいいよ」

「でも、もしもの時はどうするんですか」

留吉も心配そうに訊く。

「その時はその時よ。時々、清三郎の倅が様子を見に来てくれるから、もしもの時には見つけてくれるさ。檀那寺には永代供養を前々から頼んでいるんで案じることはないよ」

「清三郎さんの息子さん、幾つになったの？」

およしは懐かしそうに訊く。どうやらおよしも知っている人達らしい。

「二十五だがね。いい若者になったよ。わたいの顔を見れば、お婆、飯を喰っているかと必ず訊く。清三郎が中風で倒れているから、あいつは代わりに働いている。倅はいいもんだねえ。わたいも倅を一人産んでおけばよかったよ」

どうやらつうさんに息子はいないらしい。

「明日、村を出る前に清三郎さんの家に寄って顔を見て行こうかしら。おたえのことも頼んでおかなきゃならないし」

「きっと、清三郎は喜ぶよ。だが、二、三日、ゆっくりしていけばいいのに」

つうさんは旅を急ぐおよしと留吉を引き留める。

「そうしたいけど、この度はぐずぐずしていられないのよ。兄さん、いらいらして待っているから」

「商売を立て直すのは容易じゃない。留吉つぁん、太兵衛さんに何を言われても堪えるのだよ」

つうさんは留吉を励ます。留吉は殊勝に肯き、少し涙ぐんだ。太兵衛とは伯父の名だった。大人の話が退屈で、おたえは「つうさん、家の中を見てもいい？」と、初めてつうさんと眼を合わせた。

「見てもおもしろいものではないよ。どこもかしこも立ち腐れたあばら家よ」

つうさんは皮肉な言い方をした。

それでもおたえは板の間についている梯子段を上り、二階に行った。そこは広い板の間で、柴を束ねたものやら、養蚕に使った道具や、古びた長持が置いてあった。障子窓を開けると、稲刈りを済ませた田圃がどこまでも拡がっていた。周りは薄青い山々が連なっている。山々は、まだ紅葉していなかった。

「眺めはいいけど……」

おたえは独り言を呟いた。部屋の中を見回すと、くすんだ梁に見事な蜘蛛の巣が繋(かか)っていた。

おたえは蜘蛛が嫌いだった。慌てて梯子段を下りた。

つうさんの横に酒の入った徳利が置かれていた。その徳利は家にあったものだ。留吉は今夜の晩酌のために酒を持参したようだ。

つうさんも存外にいける口らしい。つうさんが晩飯の仕度を始めると、およしも気軽に腰を上げた。

「あんたは休んでいなされ」

「いいのよ。普段は独りなのに、今夜は四人分のごはんを用意しなきゃならない。勝手が違うでしょう？　手伝わせて」

「そうか。それなら留吉っつぁん。飯ができるまでひと眠りしたらいい。およし、枕とどてらを出してやりなされ」

「お前さん。お言葉に甘えて横になったら？」

「ああ、そうするか」

留吉は素直に応えた。道中の疲れが溜まっていたようで、留吉は横になると、すぐに軽い鼾(いびき)をかき出した。

つうさんとおよしが食事の仕度を始めると、おたえは外に出た。母屋(おもや)の前に納屋らしいのと、もう一つ、小さな小屋があった。傍に行くと、厠（かわや）の臭いがした。杉戸を開けて見ると、果たしてそこは厠だったが、狭い板の間に穴が穿（うが）ってあるだけの代物だった。ここで用を足さなければならないのかと考えたら、おたえはため息が出た。夜中はとても一人で行けないだろうとも思った。

納屋を覗くと、野良仕事に使う道具が入っていた。その他に、土がついた大根だの、牛蒡（ごぼう）だの、自然薯（じねんじょ）だのが藁（わら）の上にのせられていた。つうさんは、そろそろ冬仕度を始めているのだろう。

納屋を出ると、雲の切れ間から明るい秋の陽射しがおたえを照らした。空が近い。里の家々が箱庭のように見える。

おたえは深川の町を思い浮かべた。自分達がいなくなっても、木場では川並鳶（かわなみとび）が手鉤（てかぎ）を操（あやつ）って丸太を動かしているだろう。弁天湯（べんてんゆ）では、近所の誰かが湯舟に浸（つ）かって、鼻唄をうなっているはずだ。自分が今、ここにいることが信じられない気がした。なかよしのおさきちゃん、おいとちゃん、お梅ちゃんは、自分のことを心配しているだろう。おたえちゃんは、どこへ行っちまったのだろうと。ろくにお別れも言えなかったのは、世間体が悪いから、家の事情をよそに喋（しゃべ）っちゃならないとおよしに釘を刺されたせいだ。

「あたし、親戚の家に用事で行くかも知れないよ」

おたえは世間話に紛(まぎ)らわせて、さり気なく伝えただけだ。

「へえ、大変だね。でも、すぐ帰って来るのでしょう？　十一月の顔見世狂言(かおみせきょうげん)には一緒に行こうね。うちのおっ母(か)さん、皆(み)んなの分まで席を用意しているからさ」

町医者の娘のおさきは言った。おさきの母親は芝居好きだった。毎年、顔見世狂言の時には娘の友人達を招待してくれる。どの着物を着て行くか、いつも皆んなで相談するのが楽しみだった。

だが、今年はそれも叶わない。深川にいたとしても着てゆくものがない。目ぼしいものは、すべて売り払ってしまったからだ。

何(な)んの苦労も知らなかった去年の自分が恨めしい。おたえは遠くの景色を見ながら、深いため息をついた。もの干し台には沢庵漬にする大根が丁寧に縄で括(くく)られ、簾(すだれ)のように下がっている。あるかなしかの風が、その大根の簾を微(かす)かに揺らしていた。

留吉とおよしは夜が明けると、そそくさと出立した。寝ぼけまなこでおたえは両親を見送った。

二

およしは何度も振り返って手を振り、涙ぐんでいた。

両親が行ってしまうと、つうさんは沢に水を汲みに行った。桶を括りつけた天秤棒を担ぎ、つうさんはよろよろと裏の笹藪の向こうにある沢に下りる。手伝うと言ったが、つうさんは「あんたにはまだ無理だ。そんな細い身体をしているんじゃ、桶に一つの水も運べないよ」と、笑って応えた。

それもそうかとおたえは思い、手は出さなかった。小半刻も掛けて水を運んで来ると、今度は塩むすびと沢庵の包みを持って畑に出るという。

「あんたの分も握っておいたから、昼になったら食べなさい」

つうさんは、そう言った。その時もおたえは、やはり手伝うと言ったが、つうさんは、あんたは家にいろと応えるばかりだった。

土間口の前に小さな床几が置いてあった。

つうさんは、そこに座って遠くの景色を眺めるのが好きだと言った。おたえは床几に座って周りを見回した。今日も朝からよい天気だった。鳥の声と木々のそよぎが微かに聞こえる。

他に物音はない。だから、この家に向かって来る誰かの足音には、すぐに気づいた。おたえは思わず身構えた。

案の定、柴犬を連れた男が現れた。柴犬は見知らぬおたえを見て吼えた。

「静かにしろ！」

男は犬を叱った。無精髭が目立ち、髪もそそけている男だった。

「お婆は畑か」

男はおたえをじろりと見て訊いた。存外に声は若い。見た目よりも年を取っていないようだ。おたえはこくりと肯いた。

「お前ェは、今度、お婆の所に厄介になる娘だな？」

どうやら自分のことは村の人々に知られているらしい。

「はい……」

「名前ェは？」

「たえです」

おたえは蚊の鳴くような声でしか応えられなかった。

「おたえちゃんか。いい名前ェだ。今晩、湯を立てるからよ。お婆と二人で入りにきな」

男はそう言うと、にッと笑って戻って行った。思わず、安堵の吐息が出た。

あの男は、およしとつうさんが話していた清三郎という人の息子かも知れない。犬の毛皮で拵えた袖なしを野良着の上に羽織っていた。木こりでもしているような感じに思えた。

湯に入りに来いと言ったところは、つうさんは、いつもその家で湯の世話になっているのだろう。

湯屋ならともかく、よその家の湯に入るなど気が進まなかった。だが、この村には湯屋らしいものは見当たらなかった。我慢して、言う通りにするしかない。

昼までの長い時間、おたえは持参した荷物の整理をした。それを終えて厠へ行くと、厠の床は砂と埃に汚れていた。低い天井の隅に蜘蛛の巣が繋り、名前も知らない虫が壁を伝っている。おたえは母屋へ戻り、塵取りと庭箒を持って来て、厠の掃除を始めた。

そんなことは今まで女中任せで、自分はしたこともない。しかし、ここでは他に頼む人もいない。つうさんは畑仕事に忙しく、厠の掃除まで手が回らないのだろう。

蜘蛛の巣を庭箒で払い、壁の虫も叩き落とすと、おたえは床の土埃を掃き寄せた。少しさっぱりとなったが、それでもまだ厠の中は埃っぽい。

雑巾(ぞうきん)掛けに使う桶に水を張り、ごわごわとした藍色の雑巾で掃き出し口の辺りを拭いた。

雑巾に汚れが盛大についた。この前、つうさんが厠の掃除をしたのはいつになるのだろうかと、おたえは思った。いやな仕事をしているせいで、つうさんに対する軽蔑の思いが募(つの)る。

つうさんは、だらしない。つうさんは汚い。おたえは唇を噛み締め、胸で叫んだ。

雑巾の水を振り撒(ま)くと、おたえの気持ちは僅(わず)かに晴れた。流しで何度も手を洗ってから、おたえは塩むすびを手に取った。中身は何もない。ただの塩むすびだ。添えられているしなびた沢庵は、見た目よりもまずくはなかった。

腹が落ち着くと、おたえは眠気に襲われ、囲炉裏の傍で横になった。そのまま、すっかり寝込んでしまったらしい。

気がついたのは、水瓶（みずがめ）に水を入れる音がしたからだった。つうさんは畑仕事から戻ると、水瓶に水が少ないのに気づき、また、沢へ水を汲みに行ったらしい。

「つうさん、ごめんなさい。あたし、水を使ったから足りなくなったのね」

おたえは少し気の毒になって言った。

「厠の掃除をしてくれたんだね。ありがとよ。お蔭で気持ちよく用が足せる」

つうさんは嬉しそうに応えた。

「だが、水は大切だから江戸にいる時のように使わんでおくれ」

つうさんは笑いながら、ちくりと嫌味を言った。

「お昼間、犬を連れた男の人が来て、今晩、湯を立てるから入りに来なさいって言っていたけど」

「ああ、そうかえ。清三郎の倅の喜左一（きさいち）だ」

「あたしもそうじゃないかと思ったのよ。でも名前は訊けなかった」

「山賊のような形（なり）をしているから、恐ろしかっただろう？」

「山賊には見えなかったよ。木こりかなと思ったけど」

「ほう、おたえは、なかなか人を見る目がある。その通り、喜左一は百姓をしながら木こりの仕事もしておるのだよ。この村の山は山源（やまげん）という山師の持ち物なんだよ。山源は山の樹を伐って町の材木屋に卸しているのさ。だが、伐ってばかりじゃ、その内に山は丸裸になる。喜左一は樹の苗木を植える仕事もしておるのさ。伐ったり、植えたり、あいつも大変だ」

つうさんは愉快そうに笑った。

「お百姓だけじゃ食べられないからでしょう？」

「そうさ。木こりの仕事をすればお足が入るからね。どれ、晩飯の前に清三郎の家に行こうかね」

つうさんは、そう言って、天秤棒と水桶を片づけると、いそいそと湯へ行く用意をした。

手作りの糠袋は色も悪く、何んだか気持ちが悪かったが、おたえは黙って小桶の中に手拭いと一緒に入れた。

「明日は洗濯をするか」

つうさんは独り言のように呟いた。それから杖を持ち、よろよろと里へ通じる道を下りて行った。つうさんの歩き方はゆっくりなのに、後をついて行くのが容易ではなかった。

昨日、やって来た長い道を、おたえは黙々と歩いた。

清三郎の家は、つうさんの家よりややましという程度のもので、湯殿も納屋と厠の近くにある掘っ立て小屋だった。

脱衣場などないので、おたえは人の目を気にしながら着物を脱いだ。湯殿の前には脱いだ着物を引っ掛けるため、細い柱に縄を渡していた。

五右衛門風呂で、上に浮かんでいる板を中に沈めて湯舟に入る。簀(すのこ)はぬるぬるしていた。

つうさんは、すっかりしなびた身体をして、乳房がだらしなく垂れている。それでも女としてのたしなみはあるらしく、股間の辺りを手拭いで、そっと覆(おお)っていた。おたえがつうさんの背中を擦(こす)ってやると、つうさんは気持ちがいいと喜んだ。交代につうさんはおたえの背中も擦ってくれたが、年寄りのくせに力が強く、おたえは悲鳴を上げた。

湯から上がると、二人は母屋の茶の間に促され、そこで茶を振る舞われた。清三郎という人は寝たり起きたりの毎日で、おたえが中に入って行った時も、茶の間の隅に敷かれた万年床(どこ)で半身を起こしていた。清三郎の女房のおなべは、かいがいしく清三郎の世話を焼く。つうさんより少し若い程度の女だった。喜左一は囲炉裏に薪をくべて、つうさんとおたえが風邪を引かないように気づかってくれた。もう一人、二十歳ぐらいの女がいて、それは喜左一の妹だという。隣り村へ嫁に行ったが、婚家となじまず出戻っていた。それはここへ来る道々、つうさんから聞かされた。だから余計なことは喋らないようにと釘を刺された。そんなことは、わざわざ言われなくても、おたえは十分に心得ていたのに。喜左一の妹のおふきは愛想のない女だった。つうさんと話をする時もそっ気ない感じがした。だが、つうさんを嫌っているふうでもない。おふきは人に愛想をするのが下手なのだ。損な人だとおたえは思う。婚家となじまなかった原因も、そこら辺にあるのだろう。もう少し、亭主がおふきの性格を考えて庇ってやっていたら、実家に出戻るまでには至らなかっただろう。おふきの顔をちらちら見ながら、おたえはそんなことを考えていた。

おたえはまだ十五だけれど、あと二、三年もしたら縁談が持ち上がるはずだ。亭主はどんな人になるだろうか。今のおたえには想像もできない。心魅かれた人と一緒になりたいという夢はある。たとえば通っていた手習所の若先生のように。若先生は優しくて、いつも笑顔を絶やさない人だった。しばらく手習所を休むと告げた時、若先生は珍しく顔を曇らせた。恐らく、おたえの家の事情を察していたのかも知れない。

「おたえ、何があっても気をしっかり持つのだぞ。お前はまだ十五だ。これから色々なことがある。世の中は倖せなことより辛く悲しいことが多いものだ。負けてはいかんぞ。江戸に戻って来たら、必ずここへ顔を見せに来い。よいな」

若先生はそう言った。若先生はおたえにとって初恋の人だが、残念ながら若先生には女房がいた。おかみさんは若先生が見込んだだけあって、きれいで優しく、よく気がつく人だった。

若先生と父親の先生が滞（とどこお）りなく手習所の運営ができるように陰で支えていた。あのおかみさんのようになりたいと、おたえは思っている。そうしたら若先生のような人が自分を見初（みそ）めてくれるかも知れない。

つうさんは茶を飲みながら清三郎と話をする。清三郎の話は愚痴ばかりだ。中風（ちゅうぶう）を患っているせいで言葉も覚つかない。年は六十を幾つか過ぎているだろうか。顔に艶（つや）はなく、はだけた寝間着から見える胸は痩せて骨が浮き出ていた。清三郎はつうさんがやって来るのを楽しみにしているようだ。清三郎にとって、愚痴をこぼせるのはつうさんぐらいなものなのだろう。おたえは清三郎が何を言ってるのか半分もわからなかった。

「お婆。飯を喰うていけ」

喜左一は清三郎の話の腰を折って口を挟んだ。黙って聞いていれば清三郎の愚痴はいつまでも続く気がした。台所から魚の煮付けでも拵えているようないい匂いがした。

「いいや。飯の用意をして来たからお構いなく。湯に入れて貰っただけでたくさんだ。これ以上、世話を掛けたら、ここへ来られなくなる」

つうさんは笑って断る。用意などしていないのにと、おたえは思った。半刻ほどして、つうさんは暇を告げた。おなべは里芋の煮っ転がしを小さな重箱に入れ、それを風呂敷に包むと「持って行きなさい」とおたえに差し出した。おたえはつうさんの顔色を窺った。

「せっかくだからいただきなさいよ」

つうさんは控えめに応えた。煮っ転がしはおたえの好物だったので、ほっと安心した。

外へ出ると、陽はとっぷりと暮れ、辺りは闇になっていた。つうさんはおたえのために提灯に灯を入れた。つうさんが一人の時は提灯など点けないという。

「怖くないの？　夜道は何も見えないじゃない」

おたえは心配して訊く。

「なあに。慣れた道だからね」

「変な人が出て来たらどうするのよ」

「わたいを襲ったところで一文の金も出ない」

「狼とか熊はいないの？」

「おらんよ。いのししは時々目にするが、奴等は夜になれば寝てしまう」

つうさんは屈託なく応えた。真っ暗な道を歩いていると、鳥なのか獣なのか妙な鳴き声が聞こえた。おたえはその度に身が竦んだ。

だが、つうさんは平気な様子でゆっくりと歩みを進める。提灯の仄かな灯りは目の前の道を僅かに照らすだけで、辺りは鼻を摘まれてもわからないような闇だった。この道を一人だったら、とても歩けないとおたえは思う。

その時だけ、つうさんの肝っ玉の太さに感心した。

ようやく家に辿り着いた時、おたえはどっと疲れを覚えた。つうさんは、すぐに台所で晩飯の仕度を始めた。どうやら朝飯の残りを雑炊にしているらしい。昨夜も雑炊、今夜も雑炊。おたえはやり切れないため息をついた。

囲炉裏の自在鉤に鉄鍋を引っ掛け、つうさんは火吹き竹を使って火力を強くした。おたえはおなべに渡された重箱を開けた。里芋はまだ温かかった。

「つうさん、おいしそうよ。お菜が一品できたね」

おたえは嬉しそうに言った。

「清三郎の女房は芋の煮っ転がしが得意なのさ。重箱を返す時、中に何か入れてやらにゃならん。何がいいかね。豆でもやるか」

つうさんは独り言のように呟いて木杓子で鍋の中を掻き回した。

「あんたのお父っつぁんとおっ母さんは、今夜はどこに泊まっているかねぇ」

つうさんは、ふと思い出して言った。

「さあ、おっ母さんは足が遅いから、そんなに遠くまでは行けないと思うけど」

「昔は達者だったものだが、江戸に行って、なまくらになってしまったらしい」

「つうさんは昔からおっ母さんのことを知っているの？」

おたえは驚いてつうさんを見た。つうさんとの縁はおよしが留吉と夫婦になってからのものだと思っていたからだ。

「ああ。子供の頃から知ってるよ。ここにも五年ばかりおったよ」

「つうさんとおっ母さんはどんな繋がりがあるの？」

「およしは何もあんたに話さなかったのかえ」

「ええ、特には。つうさんは親戚の人だと思っていたけど」

「ああ、親戚だよ。わたいはあんたのお祖父さんに大層世話になったのさ。その縁でおよしも留吉っつぁんもわたいのことを今でも気に掛けてくれるのさ。ありがたいよ。留吉っつぁんの店が立ち行かなくなり、大坂へ行くという話を聞いて、わたいは今後の目処がつくまであんたを預かると手紙を書いたのさ」

　余計なことを、とおたえは思った。そんな手紙を書かなければ自分は両親と一緒に大坂に行ったはずだった。むっと腹が立った。

「ささ、煮えたようだよ。お椀を持っといで」

　つうさんはおたえの内心になど頓着せずに言った。うまくもなければまずくもない雑炊をおたえは口に運んだ。

「晦日には里の市へ行くよ」

「買い物？」

「いいや。市で草鞋や青物を売るのさ。帰りに蕎麦でもご馳走するよ」

　つうさんはうきうきして言う。蕎麦がご馳走か。おたえはまたしても皮肉な気持ちで思った。

　晩飯が終わると、つうさんは囲炉裏の傍に横になった。

「つうさん、風邪を引くよ。寝るのなら蒲団に入って」

おたえの言い方は自然に尖る。つうさんは驚いた顔でおたえを見ると「すまんなあ。つい、横になる癖があって」と、言い訳がましく応え、のろのろと隣りの寝間に引き上げた。おたえは使った食器を台所に下げた。それから水音を高くしてそれを洗った。

夜が更ける。静か過ぎる夜だ。表戸のさるを掛けた時、里芋臭いげっぷが出た。おたえは少し食べ過ぎたらしい。

三

翌日、洗濯をするというつうさんと一緒におたえは沢に向かった。自分も肌着や足袋を洗いたかったからだ。

笹藪の間にある細い道の奥には巾が二間ばかりの沢が流れていた。水量は、さほど多くはないが澄んでいる。対岸は、また山で、視界を塞がれている。岸辺には洗い場が設えてあった。足許が滑らないように喜左一が拵えてくれたという。

灰汁の上澄みをつけながら、おたえは襦袢と腰巻きをごしごしと洗った。つうさんも自分の襦袢を洗っていたが、手拭いを接いで作った襦袢は所々、ほつれが目立った。それに生地もずい分、弱っている。

「つうさん。新しい襦袢を拵えたら？　それ、もう駄目になっている」

「まだ着られるよ。本当に駄目になれば、洗っている途中で擦り切れる。それまで着るさ」

「辛抱なのね」

「物にもな、心があるのだよ。最後の最後まで使ってやれば喜ぶ」

「そうかしら」

ただのケチじゃないかとおたえは思う。

「金を出せば幾らでも新しい物は手に入るが、わたいはそれがいいとは思えんのよ。特にわたいのようにお迎えが近い年頃になると、さほど物はいらん。少しずつ身の周りの物を減らして、何んにもなくなった時、ぽっくり死ぬ。それがいっちいいことに思うのよ」

つうさんは、しみじみと言う。

「じゃあ、つうさんはお金がほしくないのね」

「ああ、ほしくない」

「こんな山の中にいればお金なんて必要ないものね。でも、江戸はがらっと戸を開けた途端にお金が掛かるのよ。お金がなければ江戸の人は生きてゆけない」

「おたえ。金って何んだと思う」

つうさんは禅問答のようにおたえに言った。

「何んでも買える便利なものでしょう？　お金があれば買えない物はない」

「そんなことはない。金で買われん物はこの世に山ほどある」

「そうかしら」

おたえは納得できなかった。大抵のことは金で解決する。それゆえ、人は少しでも多くの金を稼ぐために、日々、あくせく働いているのだ。だが、つうさんは、きゅっと眉を持ち上げた。何もわかっていないなという表情だった。

「たとえば若さは金で取り戻せないし、病に罹っている者は金よりも達者な身体がほしいと願っておるはずだ。また、金持ちのすべてが倖せとは限らん。金の苦労をしなくても亭主がよそにおなごを囲っている女房はどうだ？　決して倖せじゃないはずだ。案外、貧しくても夫婦仲のよい家の女房を羨んでいるかも知れん」

「でも、お金はないよりあった方がいいと思うよ。お金は邪魔にならないもの」

おたえはそう言って、襦袢をきつく絞り上げた。

「おたえのお父っつぁんも儲け話にうかうか乗ったから店が傾いたんだ。地道に商いをしていれば、そうそう店は傾かん」

つうさんは納得しないおたえに業を煮やし、留吉のことを持ち出した。かッと頭に血が昇った。

「お父っつぁんのことは言わないで。何も知らないくせに」

おたえは激しい言葉を投げつけ、逃げるように洗い場を離れた。そのまま泣きながら家に戻った。

つうさんが戻って来たのは、それからしばらく経ってからだった。つうさんは洗濯物を干すと、背負い籠に鍬を入れ、黙って畑に向かった。

世話になっているのに、つうさんに口を返した自分を罰当たりだと、おたえは思う。

だが、父親のやり方を否定されるのには我慢できなかった。つうさんは世間の噂をうのみにしている。こんな山の中で暮らすつうさんに深川の店のことはわからないはずだった。

日暮れになってつうさんが帰って来ても、おたえはろくに口を利かなかった。

晩飯を済ませると、つうさんは針仕事を始めた。乾いた襦袢を畳む時、ほつれに気づいたのだろう。おたえも足袋の繕いを始めた。継ぎの当たった足袋など深川にいた頃は履いたこともない。だが、ここでは手持ちの物を大事に使うしかない。近所に足袋屋などないからだ。つうさんは継ぎのやり方を教えてくれた。昼間のことなど、すっかり忘れたような感じに見えたので、おたえは安心した。

(つうさん、生意気なことを言ってごめんなさいね)

ひと言、言いたかったが、おたえはどうしても言えなかった。

おたえがつうさんの家に来てひと廻り(一週間)目に雨が降った。雲が重く垂れ込め、里の景色を覆ってしまう。何も彼も鼠色に煙っていた。

つうさんは土間に筵を敷き、そこへ袋に入れてあった黒豆を並べた。虫が喰った黒豆を選り分けるためだ。つうさんが食べるだけにしては量が多かった。それは市に出すための売り物だという。

「わたいが持って行くのを里の女房達は待ち構えているのさ。わたいの豆がなければ正月が来ないってね」

つうさんは得意そうに応えた。

「ふうん。つうさんの豆はよそよりおいしいからでしょうね。何かコツがあるの」

そう訊くと、つうさんは首を振った。

「種を蒔く時も、さやに実が入った時も、うまい豆になっておくれと声を掛けるだけさ。さあ、豆の奴等、張り切って実をつける」

「……」

ばかばかしくて聞いていられなかった。

おたえは二階に上がり、障子窓を開けて外を眺めた。里の景色が見えないので、なおさらここが孤立した場所に思える。いつ、両親は迎えに来るのだろうか。深川に戻るのが無理なら、大坂に行ってもいい。両親の傍で暮らしたかった。つうさんの所へ自分を置いて来たと言ったら、伯父は何んと応えるだろうか。早く呼び寄せろと伯父が言ってくれることをおたえは期待していた。その時だけ伯父を頼みにする気持ちだった。

だが、おたえの期待をよそに大坂からは何んの連絡もなかった。十日が過ぎ、十五日が過ぎ、長月は晦日を迎えた。そろそろ、周りの山々も色づき始めた。

「もう少し冷え込むとな、ここらは、そりゃあきれいな景色になるのよ」

つうさんはうっとりと言う。紅葉が終われば寒い冬がやって来る。おたえはうんざりした気持ちで背負い籠を揺すり上げた。背負い籠の中にはつうさん手作りの草鞋、糠袋、葱、青物が入っている。つうさんの背負い籠には自慢の黒豆だ。里へ下りるのは毎度ひと苦労だが、市の立つ街道沿いまで、さらに一里も歩かなければならなかった。

つうさんは杖をつき、いつもと変わらぬゆっくりした足取りで歩いた。品物を売ったらお足が入るので、つうさんの表情は心なしか輝いて見えた。


市と言っても商家の軒下を借りて、物を売る人々が筵や一反風呂敷を敷いて、そこに品物を並べ、通りを歩く人に声を掛けるだけである。だが、売り物は様々で、漬け物あり、あんころ餅あり、竹細工、飴、煎餅、菓子など、街道を挟んだ両側にびっしりと並んでいた。

ただ見物して歩くだけならどれほど楽しいだろうかと、おたえは思った。

つうさんは市の外れにようやく場所を見つけ、筵を拡げた。品物を並べている途中で、

「お婆ちゃん、黒豆ある？」と、早くも女房達に声を掛けられた。

「ああ、あるともさ。あんたが待っていると思って取っておいたよ」

つうさんはお愛想を言った。

「あら、こちらお孫さんかえ？」

商家の女房らしいのが、おたえを見て訊く。

「そのようなもんだ」

つうさんは冗談交じりに応えた。勝手に孫にされてしまったと、おたえは内心、皮肉な気持ちで思った。黒豆はまたたく間に売れた。

よそより値段が安かったからだろう。

昼までに青物も売れ、三足残った草鞋は顔見知りの女房にただでくれてやった。店仕舞いすると、ちょうど中食(ちゅうじき)の時刻だった。つうさんはおたえを蕎麦屋へ促した。その蕎麦屋は旅人もよく利用する店らしく、広い店内は客であらかた埋まっていた。

つうさんは奥の小上がりによろよろと座った。店の小女(こおんな)がほうじ茶を運んで来ると「姐(ねえ)さん、かけ一つ」と注文した。かけ蕎麦を二人で食べるつもりだろうか。おたえは怪訝(けげん)な顔でつうさんを見た。

「あんたが食べなさい。わたい、蕎麦はあまり好きじゃないのさ」

「だって、つうさんだってお腹が空いているでしょうに」

「わたいはこれだ」

つうさんは竹皮に包まれた塩むすびを出して見せた。

間もなく蕎麦が運ばれて来ると、小女は塩むすびを頬張っているつうさんに、少し不服そうな顔をした。おたえは恥ずかしくて身の置き所もなかった。空腹だったので、おたえは黙って蕎麦を啜ったが、うまいのかまずいのか、味はよくわからなかった。

蕎麦屋を出ると、つうさんは儲けた金で買い物をした。糠、塩鯖、塩、醤油、浅草紙など、日常の品だった。おたえはそれを見て、蕎麦屋に支払った十六文がつくづく惜しいと思った。買い物を済ませると、つうさんの巾着には幾らかの小銭しか残らなかった。

「つうさん。あたし、お蕎麦なんて食べなくてもよかったのよ。どうして無理したのよ」

おたえは言わずにはいられなかった。

「あんたに蕎麦を食べさせてやりたかったのさ。毎日雑炊だけじゃつまらんと思ってな」

「無駄遣いだと思うよ。十六文あったら、他にもっと買える物があったはずよ」

「そう思うのかえ？　おたえは分別が出て来たようだ」

つうさんは屈託なく笑った。

「あたしは厄介者よ。その厄介者にお愛想する必要なんて、これっぽっちもありやしない」

おたえはそう言うと、走り出した。

「これ、待ちなさい。転ぶよ」

つうさんが後ろから甲高い声で叫んだが、おたえは振り向かずに前を急いだ。自分をいじめたかった。おたえは息が切れるまで走り続けた。

家に戻る途中から小雨がぱらついて来た。

みるみる雨脚は強くなり、とうとう本降りになった。家に入った時、頭も肩先もすっかり濡れていた。手拭いで拭きながら、おたえは置き去りにしてしまったつうさんを案じた。

清三郎の家に寄ったのだろうか。つうさんの帰りは遅かった。おたえは心配になり、何度も外に出て様子を窺った。

ようやくつうさんが戻って来たのは、暮六つ（午後六時頃）の山寺の鐘が鳴った後だった。つうさんは、せっかく買った品物が濡れないように知り合いの家で雨宿りし、雨が止みそうになかったので合羽を借りて戻って来た。だが、つうさんの白髪頭はぐっしょりと濡れていた。幸い、品物は合羽で覆っていたので、さほど濡れてはいなかった。

つうさんが少し赤い顔をしているのが、おたえは気になった。それでもつうさんは、いつものように雑炊を拵え、おたえに食べさせてくれた。

変化があったのは真夜中だった。つうさんは湿った咳を何度もした。行灯を点けると、つうさんはぶるぶると震えていた。それでいて顔は紅潮している。額に手を触れると火のように熱かった。

「つうさん。熱がある。風邪を引いたみたい」

おたえは声を掛けたが、つうさんは震えているばかりだった。

「喜左一さんの家に行って、お医者さんを呼んで貰うよ」

そのままではどうしようもないと思った。

だが、つうさんは「ここにいておくれ」と、細い声でようやく言った。

「でも……」

「おたえを夜中に外へ出す訳には行かん。朝になってからでいい」

「具合が悪くなって、もしものことがあったらどうするのよ」

「その時は寿命と思って諦めるよ」

「何を呑気なことを言ってるの」

　おたえは怒ったように言うと、土間口に下り、戸を開けた。外は真っ暗で一寸先も見えない。里へ行く道の見当もつかなかった。諦めて中に戻ると、棚の引き出しをあちこち開けて薬を探した。風邪薬ぐらいあると思った。

　ようやく「葛根湯」と書かれた紙袋を見つけると、おたえは薬缶に薬草を入れ、水を張った。囲炉裏に残っていた火種を掻き立て、火の勢いを強くした。それから自在鉤に薬缶を吊るした。薬缶が煮立つまでの時間がもどかしいほど長く感じられた。

　つうさんは、震えたままだ。おたえは自分の蒲団をつうさんの蒲団の上に重ねた。

　煎じ方が少し足りない感じがしたが、おたえは湯呑に葛根湯を入れてつうさんに勧めた。

　つうさんは顔をしかめて半分ほど飲んでくれた。

葛根湯が効いたのか、しばらくするとつうさんの震えは治まった。それでも相変わらず熱がある。水桶に水を張り、それに手拭いを浸して絞り、つうさんの額にのせた。

つうさんは「おたえ、すまないねえ」と何度も礼を言った。風が音を立てている。おたえの心細さは、たとえようもなかった。つうさんが風邪を引いたのは自分のせいだと思う。

一緒に帰って来たら、こんなことにはならなかったはずだ。このまま、つうさんがぽっくり逝ってしまったら、自分はどうしたらいいのだろう。

独りぼっちにされることをおたえは恐れた。

つうさんが回復しますようにと、おたえは掌を合わせて神さんに祈った。おたえはその時、悟った。つうさんが今の自分にとって、いっとう大事な人であることを。これからはつうさんの手助けをして、決して我儘は言うまいと心に誓った。

つうさんは、それから安らかな寝息を立てていたが、途中、汗をかいたようなので、寝間着を取り替えさせた。つうさんは大儀そうだったが、素直におたえに従った。

真夜中を過ぎると、張り詰めていた気持ちが弛(ゆる)み、おたえはつうさんの掛け蒲団に俯(うつぶ)せになって眠ってしまった。

気がついたのは、つうさんが「おたえ、おたえ」と、自分の名を呼んだからだった。

「何？　具合が悪いの」

おたえは眼を擦って訊いた。

「いいや。蒲団が重くてかなわんのよ」

蒲団を二重にして、おまけにおたえが押さえつけるように眠っていたのだから無理もない。おたえはつうさんの蒲団から自分の蒲団を外した。

「どう？　気分は」

「ああ、すっかり身体が楽になった。皆、おたえのお蔭だ」

「ううん。つうさんが風邪を引いたのは、あたしのせいよ。つうさん、ごめんね」

思わぬほど素直な言葉が出た。

「おたえのせいじゃない。どれ、朝飯の仕度をしようかい」

「駄目よ。今日一日は寝ていなけりゃ。ごはんの仕度も水汲みも、あたしがやるから」

「すまないねえ」

つうさんはそう言って、少し笑った。

おたえは夜が明けると、天秤棒に水桶を括りつけて沢に向かった。空気はひんやりして、草の葉は昨夜の雨のせいで濡れていた。洗い場に下りて水を汲むと、水桶は結構な重さになった。それを天秤棒で担ぐと、まるで肩に喰い込むようだった。おたえは歯を喰い縛り、必死の形相で運んだ。

つうさんは毎日これをしているのだ。どれほど大変でもやめる訳には行かない。やめる時は死ぬ時だ。可哀想なつうさん。けなげなつうさん。そして強いつうさんだった。

みよう見真似で竈に火を熾し、飯を炊いた。

鍋に煮干しをひと摑み入れ、大根の味噌汁も拵えた。漬け物を刻み、梅干しを樽から出して小皿にのせた。

箱膳をつうさんの前に持って行くと、つうさんは眼を細め「おたえ。あんた、もう一丁前に朝飯の仕度ができる。これで、いつ嫁に行ってもいいね」と言った。

「ううん。まだまだ駄目よ。つうさん、これから役に立つことは何んでも教えてね」

おたえは笑って応えた。

四

喜左一は仕事の休みにやって来て、冬に使う薪を鉞で割ってくれた。おたえはそれを家の壁際に丁寧に並べた。

「どうだ？　ここの暮らしに慣れたか」

喜左一は手際よく薪を割りながら訊いた。

「ええ……」

「お婆の言うことはよく聞くことだ。きっとおたえちゃんのためになるはずだ」

「わかっているよ」

そう応えると、喜左一は鼻先で笑った。

「なあに？」

「いや。最初にお婆からおたえちゃんのことを聞かされた時、とんでもない我儘娘と思ったんだが、そうでもなかったな」

「褒めているの？　それともけなしているの？」

「褒めているのさ。おたえちゃんの家は大変らしいから、この先、大丈夫かなと心配していたんだが、何んとかやって行けそうだな」

「ええ。ここで暮らすように辛抱すれば、やってやれないことはないと思うよ」

「それを聞いて安心したぜ。お婆も本望だろうよ」

「あたしの我儘を治すために、つうさんはあたしを手許に置いたと思っているの？」

「それもあるだろう」

何んだか腑に落ちなかった。喜左一にもっと詳しい話を訊こうとした時、つうさんが盆に塩むすびと茶の入った湯呑をのせて外に出て来た。

「喜左一、一服しな。腹が減っただろう」

「ああ。ぺこぺこだ」

喜左一は笑って、鍬を放り出した。

喜左一は塩むすびを頬張りながら、遠くの景色を眺め「向こうの山はすっかり色づいて来たな。もうすぐ冬にならァ」と言った。

「冬を越さなければ春は来ないよ」

つうさんは意に介するふうもなく応えた。雪が積もると、里への往来が容易ではない。文字通り、冬籠りの暮らしとなる。つうさんはそのために漬け物を拵えたり、大根の葉を干したりして保存食の準備に余念がなかった。つうさんと一緒なら長い冬も苦ではない。おたえは風邪の看病をして以来、つうさんに反抗する気持ちがなくなった。それが自分でも不思議だった。

「おたえちゃん、冬が来ても大丈夫か？」

喜左一は心配そうに訊く。

「大丈夫よ、つうさんがいるもの。でも喜左一さん、時々、ここへ顔を見せてね」

おたえは他意なく言ったつもりだったが、喜左一は頰を赤く染めた。

「何を照れている。馬鹿者！」

つうさんは呆れたように言った。

喜左一は薪割りを終えると帰って行ったが、それから頻繁につうさんの家に顔を見せるようになった。やれ、鹿の肉が手に入ったの、草鞋を分けてくれだのと理屈をつけて。喜左一は風采の上がらない田舎の男だが、深川の男達のように無駄な虚勢は張らない。それがおたえには快かった。

　周りの山々がすっかり紅葉したと思ったら、すぐに初雪が降り、季節はいっきに冬を迎えた。水汲みと洗濯は大変だが、つうさんは畑仕事もなく、おたえと一緒に針仕事をしたり、草鞋を拵えたりして過ごした。つうさんは二階の長持の中に若い頃着た着物を残していた。

　それをほどいて縫い直す仕事はおたえの気持ちを弾(はず)ませた。身を飾る物が増えるのは年に関係なく女にとっては嬉しいものだ。

　正月に喜左一は村の若い者が集(つど)う寄合におたえを誘ってくれた。おたえは縫い直した着物を着て、張り切って出かけた。

　喜左一はおたえの足許が滑らないように気を遣ってくれた。それもおたえには嬉しかった。

　寄合はそれぞれに手料理を持ち寄って行なわれた。村長(むらおさ)から酒も差し入れされ、寄合は大いに盛り上がった。驚いたのは喜左一が横笛の名手であったことだ。

　太鼓や鼓を伴奏にして、喜左一の横笛が始まると、一同はうっとりと聞き惚れた。喜左一の男ぶりはいつもより上がって見えた。男達は、おたえが江戸からやって来たことが興味深くて仕方がない様子だった。ちょっとした仕種(しぐさ)にも「江戸のおなごは違うな」と感歎（かんたん）の言葉を上げるので、おたえは恥ずかしかった。もう少し、そこにいたかったが、つうさんが心配することを考えて、おたえは言う通りにした。

寄合の途中で喜左一は時刻を気にしておたえに帰りを促した。もう少し、そこにいたかったが、つうさんが心配することを考えて、おたえは言う通りにした。

冬は日暮れが早い。つうさんの家に向かう道はたそがれていた。その日は、雪が降っていなかったので、道を上がるにつれ、里の景色が水墨画のように美しく見えた。

「お婆は、手前（てめ）ェが死んだら、あの家をおれにくれると言った」

喜左一は歩きながらそんなことを言った。

「そうね。つうさんが死んだら、あの家に住む人は誰もいなくなる。喜左一さんが引き継いでくれるのなら、つうさんも安心すると思うよ」

「おたえちゃんは、それでいいのか」

「ええ。あたしも賛成だよ」

「あの家に住もうとは思わねェのか」

「どうして？」

「このごろのおたえちゃんは、ここの暮らしもまんざらでもないような面（つら）をしている。もしかして、ずっとここにいてもいいのかと思ってよ」

「ずっとここには暮らせない。その内にお父っつぁんとおっ母さんが迎えに来るもの」

「そうか……」

　喜左一は何を言いたかったのだろうか。まさか自分と一緒につうさんの家で住みたいと考えているのではあるまいか。そう思うと、途端に落ち着かなくなった。

「もう、ここでいいよ。後は一人で帰れるから。それとも、つうさんの顔を見て行く？」

「いいや。仲間が待っているから、このまま戻る。そいじゃ……」

　喜左一はふっと笑って踵を返した。何んだか寂しそうに見えた。喜左一はおたえより十も年上の男だ。自分に特別な気持ちを持つなどとは考えたこともなかった。だが、今日の喜左一はどこか様子が違った。おたえは喜左一の気持ちを確かめるのが怖かった。確かめたら、自分が喜左一に従いそうで、それも怖かった。

　家に戻ると、つうさんは囲炉裏端で針仕事をしていた。

「おもしろかったかえ」

　つうさんはそう訊いたが、浮かない表情だった。自分だけが楽しんだことに後ろめたい気持ちになった。

「喜左一さん、とっても笛が上手なのよ。驚いちゃった」

「あれは清三郎から教わったのさ。清三郎も若い頃は、そりゃあ笛がうまかったものだ」

「皆んな、仕事の傍らに楽しみを見つけて暮らしているのね」

「そうだよ。そうでもしなけりゃ、こんな田舎暮らしは息が詰まってしまうよ」

「つうさんは、何を楽しみにして来たの？」

「わたいは……何もないよ。ただ、畑をやるだけだった」

「喜左一さん、いずれ、この家を貰うつもりだと言っていたよ」

「ああ。冗談交じりに言ったら、すっかり真に受けてしまってさ。今さら冗談とも言えないから、その通りにしてやるさ」

「喜左一さん、あたしにずっとここで暮らさないかと言ったのよ」

「それでおたえは何んと応えた」

つうさんは真顔でおたえを見た。

「お父っつぁんとおっ母さんがその内に迎えに来るから、ずっとここでは暮らせないと応えたのよ。そうしたら何んだか、がっかりしたみたい」

つうさんは、それには何も言わず、針箱の中から手紙を取り出した。

「なあに？」

「大坂からだよ。飛脚が届けてくれた。晦日か二月の初めに迎えに来るってさ」

「お父っつぁん、商売の目処がついたの？」

おたえは張り切って訊いた。

「当分、太兵衛さんの所で働くようだ。おたえは大坂の人になるのだよ」

「そう……」

少しだけ意気消沈した。これで本当に深川には戻れないのだと思った。

「大坂に行ったら、およしを助けて達者で暮らすんだよ」

つうさんは寂しいとも、行かないでくれとも言わなかった。黙って手を動かす。

おたえは涙が湧いた。

「つうさん。一緒に大坂へ行かない？　あたし、つうさんのお世話をするから」

つうさんは顔を上げ、おたえの涙を皺だらけの指で拭ってくれた。

「ありがとよ。だが、わたいはどこへも行くつもりはない。ここでお迎えが来るまで暮らしているよ。おたえはわたいに構わず、自分の生きる道を探すことだ。なあに、ここで辛抱できたんだから、どこへ行ってもやって行けるよ」

つうさんは励ますようにおたえの肩を叩いた。あたしもここにいるとは、おたえはどうしても言えなかった。

どうして言えなかったのだろう。おたえはあの時の自分が恨めしい気持ちだった。もっと大人だったら、つうさんの事情を慮り、決してつうさんの傍から離れなかったはずだ。

だが、おたえは十六になったばかりの小娘だった。親を慕う気持ちが勝っていた。

五

およしと上の兄の佐吉が迎えに来て、村を離れる時、つうさんは里の街道まで見送ってくれた。いつもと変わらぬ様子で杖を突きながら。街道に佇んで、いつまでも手を振っていたつうさんの姿が今でもおたえの眼の裏に残っている。

途中、清三郎の家に挨拶に行ったが、喜左一は仕事に出ていなかった。おたえは喜左一に別れも言えなかった。それも後悔している。

喜左一と一緒につうさんの家で暮らす毎日も、それはそれでよかったはずだ。大坂での新しい暮らしは、食べる心配がない程度のもので、深川にいた頃とは比べものにならなかった。おたえは美濃屋の女中達と一緒にくるくると働いた。およしがおたえを女中代わりにしていると、時々、太兵衛と諍いになったが、おたえはそれほど辛くなかった。つうさんの家での暮らしを経験しているので、店の中に井戸のあることだけでも大助かりだった。時々、つうさんから手紙が届いた。手紙では、おたえのことをいつも案じていた。

つうさんが亡くなったと連絡が入ったのは、その二年後のことだった。おたえは美濃屋の手代の松吉と祝言を挙げることになり、仕度に追われている時だった。

「色々、後始末もあることだし、およし、お前、留吉と一緒に行って来たらどうだね」

太兵衛はそう言った。あたしも連れて行ってと、おたえは頼んだ。だが太兵衛は「お前は行けないよ。これから仲人さんへ挨拶に行かなきゃならないし、新しく住む家の掃除もあるだろう」と、許してくれなかった。松吉は今まで住み込みだったが、おたえと一緒になってからは通いになるのだった。

「兄さん、あの家はどうする？」

およしは太兵衛に訊いた。

「売ると言っても、あんな辺鄙な所じゃ買い手もつかないだろう」

「伯父さん、あの家を喜左一さんにやって」

　おたえは口を挟んだ。

「喜左一？　清三郎の倅のことかい」

「ええ。つうさん、自分が死んだら、あの家は喜左一さんにやると約束していたのよ」

「そうかい……」

　太兵衛は思案顔で顎を撫でた。

「喜左一さん、時々、つうさんの様子を見てくれていたのよ。何年もよ。それぐらいしてやっても罰は当たらないでしょう？」

　この時ばかりは、おたえも必死だった。そうしてやることが喜左一に対する恩返しでもあるような気がした。

「おたえがそこまで言うなら、そうしよう。おたえはやはり、つうさんの孫だね。気持ちがわかっているよ」

　太兵衛は思わぬことを言った。「え？」と聞き返したつもりだったが、それは声にならなかった。あたしがつうさんの孫？　血が繫がっている孫なの？

　おたえは呆然とした。

「おたえ。今まで黙っていてごめんね。でも、おたえも嫁に行くことになったし、そろそろ打ち明けてもいい年頃になったから話すのだけどね。いいでしょう、兄さん。口を滑らせてしまったんだから」

およしは居心地の悪い顔で太兵衛を見た。

「あ、ああ」

太兵衛はそう応えたが、用事を思い出したと言って部屋を出て行った。

太兵衛とおよしの父、つまりおたえにとって祖父になる人が、ある時、他人の女房に懸想した。それがつうさんだった。つうさんは、れきとした武家の妻だった。本名をつるぎと言って、薙刀の名手であったという。

祖父とつうさんは手に手をとって出奔した。

駆け落ちである。もちろん、つうさんの亭主は追っ手を放ち、つうさんと祖父を重ねて四つに斬れと怒りを露わにした。なに、その亭主だって、よそに女を囲っていたくせに。

曽祖父はつうさんの亭主に会って、二人を別れさせるから、どうぞ許してほしいと懇願した。その時、大枚の金を遣ったようだ。

祖父は大坂に連れ戻されたが、つうさんは駆け落ち先の村に留まった。つうさんの亭主は二度と家の敷居を跨がせるつもりはなかったからだ。翌年、およしが生まれた。江戸へ下る番頭に様子を見に行かせて、祖父は娘が生まれたことを知った。そのままにして置くことはできない。祖父はおよしを引き取ったのだ。幼い頃に別れているので、およしにはつうさんに対する情がもう一つ薄い。だが、実の母には間違いないので、今まで何かと気を遣っていたのだ。

よそに女を囲っている亭主の女房は、金があっても倖せではないとつうさんが言ったことを、おたえは思い出した。その寂しさをつうさんは祖父に慰めて貰ったのだろう。

年老いて、何か望みがあるかと訊ねられ、つうさんは、孫と少しの間でいいから一緒に暮らしたいと洩らした。はからずも、留吉の商売の不振で、それが実現したことになる。

つうさんは自分と暮らして倖せだったのだろうか。おたえは不満ばかり洩らしていたのに。

もっと以前に事情を知らされていたら、おたえの気持ちは変わっていたかも知れない。あの短い間でも、つうさんは、おたえに精一杯の情愛を注いでくれたと思う。あんなに自分を思ってくれた人は両親の他にいない。まぎれもなく、おたえはつうさんの孫だったのだ。

祝言を前にして、おたえの気持ちは混乱していた。だが、もう遅い。遅過ぎる。

「いとはん、呉服屋さんが花嫁衣裳を持って参じましたよ」

女中の言葉に、はっと我に返った。

「ごくろうさま。今、行きますよ」

思いを振り払うようにおたえは応えた。

「おたえ……」

心許ない表情でおよしはおたえを見つめる。

「大丈夫よ、おっ母さん。あたしは大丈夫」

おたえは笑っておよしに言った。だが、およしに背を向けた時、どっと涙がこぼれた。おたえはそれを堪えるために、きつく唇を噛んだ。

おいらのツケ

一

深川入船町の与惣兵衛店は寛政三年（一七九一）に深川が暴風雨と高潮に見舞われた後に建てられたというから、かれこれ三十年ほど経った裏店である。家主は江戸でも名の知れた書肆だったが、お上の世直し（寛政の改革）の煽りを喰らって家運が傾き、とうとう与惣兵衛店も人手に渡してしまったという。

今の家主は浅草の「伊勢屋」という質屋の主だった。家主は滅多に入船町へ訪れて来ない。店賃の集金などは管理を任されている大家がやっている。与惣兵衛店の店子は家主の顔をろくに覚えていない者がおおかただった。

与惣兵衛店は最初の家主の名に因んでいた。

元の家主は、今、どこでどうしているのだろうかと三吉は思うことがある。三吉も与惣兵衛店の店子である。元の家主がまだ生きているとしたら、この近くを通り掛かった折、自分の持ち物だった裏店をしみじみ眺める機会があったかも知れない。とっくに他人の物になっているのに自分の名前が相変わらず使われているのは妙な気分のものだろう。悔しいのか悲しいのか、元の家主の気持ちは、三吉にはわからない。ただ、世の中には、いつまでも変わらずに続くものなどないのだと三吉は思うばかりだ。だが、三吉は、よそで暮らすことは考えたくなかった。ずっと与惣兵衛店にいたいと思う。毎朝、弁当を持って仕事に行き、一日働いて与惣兵衛店に戻る。晩飯の前に湯屋へ行き、汗と埃を落とす。さっぱりとした気分で晩飯を喰い、友達が誘いにでも来ない限り、早々に床に就く。決まり切った暮らしだが、三吉はそういう暮らしに満足していた。

与惣兵衛店は十世帯、二十六人の店子が暮らしている。裏店住まいをする者達だから、決して金持ちではない。男達は木場で働く者、棒手振りの魚屋、青物屋、鳶職、大工、錺職人、料理屋の板前、刃物研ぎなど、様々な職に就いている。別に取り立てて他の裏店と違うところはない。暮の餅搗きや井戸替えは店子達が協力してやっているし、女房達も醤油や味噌が切れると、気軽に近所に声を掛けて貸し借りしていた。それも裏店ではよく見掛ける光景だった。

三吉は十八歳の若者で大工の手元（見習い）をしている。十五の時に木場近くに住む棟梁の政五郎の徒弟に入った。仕事はまだまだ半人前だが、それでも玄能（金鎚）捌きは様になってきたと言われている。

四十五の政五郎は短気で怒りっぽい。だが、根は情け深い。話もわかる男だ。

よその親方の中には自分だけ儲けて、弟子達にろくに手間賃を払わない者もいる。政五郎は決してそんなことをしない。決まりの手間賃はきっちり支払ってくれる。請け負い仕事によっては手間賃に足が出ることもある。政五郎は、足が出た分は自分が被る。職人の手間賃を撥ねてはいけないというのが政五郎の持論だった。それは政五郎が若い頃、手間賃を払ってくれない親方について、さんざん苦労したせいかも知れない。手間賃をきっちり支払ってくれる代わり、政五郎は、結構、弟子達に無理を言う。夜中に呼び出されて仕事の手直しをさせられることも珍しくなかった。ぐずぐずしていると短気な政五郎はすぐ怒鳴る。

三吉は政五郎に怒鳴られても、親方だから仕方がないと思っている。その時は腹も立つが、ひと晩眠ればすぐに忘れることができた。政五郎はいつまでも根に持たない質で、翌朝は何事もなかったような顔で三吉に声を掛けるからだ。

徒弟に入った頃、三吉はドジばかり踏んでいた。そんな時、兄弟子達は政五郎に怒鳴られる前にさりげなく三吉を庇ってくれた。兄弟子達もできた人間が揃っている。三吉はいい所に弟子入りできたとつくづく思っている。

ドジを踏んだら下手な言い訳をせず、素直に謝ることが肝腎だった。三吉はその心得を忠実に守っていたので、兄弟子達からも可愛がられた。

三吉に弟子の心得を教えてくれたのは一緒に住んでいる梅次だった。梅次は還暦をとっくに過ぎた年寄りだが、耳も眼もしっかりしていた。三吉は梅次のことを爺と呼んでいる。

だが、梅次は、三吉の祖父ではなかった。

「いいか。男はな、潔くなきゃいけねェ。ドジを踏んだら、すんませんと、まず謝るこった。心から詫びを言えば、相手は鬼でも蛇でもねェ。仕方がねェ、今度から気をつけるんだぞで、たいていは済んでしまう。それを人のせいにしたりするから話がこじれるのよ。挙句の果てにゃ、こんな所、やめてやらァと、やけのやん八になる。やめたところで、いいことなんざ、ちっともありゃしねェ。すぐにおまんまに事欠く羽目になる。人間、辛抱が肝腎だ」

梅次は懇々と三吉を諭した。三吉は梅次と、婆と呼んでいるおかつと一緒に与惣兵衛店で暮らしている。おかつは梅次より少し年下だが、こちらもそろそろ還暦を迎える。もう一人、あんちゃんと呼んでいる三十五歳の春吉もいる。春吉は深川の「平清」という料理屋の板前をしていて、泊まりが多い。家に帰ると寝てばかりいる男だった。春吉は梅次とおかつの実の息子だが、三吉は違う。三人とも三吉とは赤の他人だった。赤の他人の家に一緒に住んでいる三吉を、与惣兵衛店の店子達は、今では何も言わない。ずっとそんな暮らしが続いていたから、別に不思議とも思っていないようだ。

三吉が五つの時、実の父親が普請現場で血を吐いて倒れた。父親の卯助は大工だった。

三吉の一家は与惣兵衛店の梅次の隣りに住んでいた。幼い三吉に病がうつることを心配した梅次は三吉の母親に「坊主はしばらく、うちで面倒を見るよ」と言ったらしい。三吉は母親が二度の流産を乗り越えてようやく生まれた息子だった。長男だが三番目に授かった子供だから三吉と名づけられたのだ。三吉の両親の思いを梅次とおかつはよく知っていた。だから、せっかく生まれた三吉に、もしも何かあっては大変だと二人は考えたのだ。

梅次とおかつには、生まれた時から可愛がって貰った。まるで親戚の家のように三吉は梅次の家に出入りしていた。

父親が倒れる前まで、朝、起きると、三吉は父親の下駄を突っ掛けて梅次の所へ行き「爺、起きたか」と、声を掛けるのが習慣だった。

「起きてるよう」

梅次が応えると、三吉は茶の間に上がり「はい、お早うさん」と挨拶した。その仕種が可愛くて可愛くてたまらなかったと、おかつは今でも言う。梅次は三吉に歯を磨かせ、顔を洗ってくれた。そのまま、朝飯を一緒に食べるのも、しょっちゅうだった。

三吉を預かると言った梅次に母親のおむらは涙をこぼして礼を言った。三吉は、最初のひと晩やふた晩は泣いたけれど、後はけろりとしていたという。ちょうど春吉が板前の修業で上方に行っている時だったから、梅次とおかつは寂しさを紛らわすためにも三吉の面倒を見る気になったのだろう。

卯助は半年寝ついて、呆気なく死んだ。口が利ける内「やりてェ、やりてェ」と卯助は喚いていた。おむらは「治ったらね、治ったらね」と、しきりに宥めた。何がやりたかったのか、三吉にはさっぱりわからなかった。梅次に訊くと「まあな、三十の男盛りだったからな。色々とやりてェことがあったんだろうよ」とお茶を濁した。おかつはそれを聞いて前垂れで顔を覆った。

父親の弔いは与惣兵衛店の店子達が手伝ってくれた。おむらは弔いを済ませると、生計のために居酒屋づとめに出た。夜の商売だ。

その頃になると、おむらは傍に三吉がいないのも半ば平気になっていた。三吉の喰い扶持を梅次に渡していたかどうか。いや、渡してなどいなかっただろう。梅次とおかつは内心でおむらに呆れていたのかも知れない。

　だが、今さら三吉に帰れとは、二人は言わなかった。情がすっかり三吉に移っていたからだ。

　三吉はそのままずっと梅次の家で暮らした。父親が死んでも三吉に不都合なことは一つもなかった。梅次とおかつが傍にいれば腹が空くこともなかったし、寂しくもなかった。番太の店（木戸番が内職で出している店）で買い喰いする楽しみもあった。毎日一文。

　足りねェと言うと、梅次は「幾らほしい」と訊いた。

「そうだな。十文だな。独楽が買えるからよ」

「独楽を買ったら、その十文はなくなっちまうんだぜ。お前ェは、また別の物がほしくなる。また十文くれと言うだろう」

「駄目か？」

「駄目に決まっていらァな。おれが刃物を研いで幾ら稼ぐと思う。女房どもの使う包丁の研ぎ賃は十文だ。それ以上高くすると途端に頼まなくなる。その十文を貰うのに砥石で何十回も研いでピカピカにするんだ。柄が腐っていたら手直しもする。むろん、手直しをした分を寄こせとは言われねェ。お前さんが勝手にしたことで頼んだ覚えはないよって、女房どもは文句を言うに決まっている。だが、柄をそのままにして怪我でもしたら、研ぎ屋のせいだと恨まれる。まあ、金を稼ぐってのは大変なもんだ。お前ェがどうしても独楽がほしいのなら、十日辛抱しな。婆に貰う一文を貯めりゃ、十日目には十文になっていらァな」

　梅次は金のありがたみをそんなふうに教えてくれた。梅次は研ぎ屋をしていた。刀の研ぎではなく、台所で使う包丁、鋏（はさみ）、それに鋸（のこ）の目立（めた）てが主（おも）である。日中は仕事道具を持って市中を練（ね）り歩いて商売をする。腕がよかったので贔屓（ひいき）の客は多かった。

　子供にとって、十日の辛抱は辛かった。晴れて独楽を手にした時は、もちろん嬉しかったが、三吉はすぐに飽きた。

　嬉しいことは、つかの間のことなのだと三吉は悟った。だから、三吉はあまり物をほしがらない男になったと思う。

　おむらが居酒屋で知り合った男を家に引っ張り込むようになると、三吉は、ますます自分の家に帰る気がしなくなった。

二

政五郎の徒弟になる話は与惣兵衛店の大家が持って来た。三吉は梅次の後を継いで研ぎ屋になろうと思っていたが梅次は反対した。職人は大工がいっとう上等だから、お前は大工になれと言った。そうすれば死んだ父親に顔向けができると梅次は考えていたようだ。

三吉は大家の倉蔵（くらぞう）につき添われて、木場近くの吉永町（よしながちょう）にある政五郎の家に行った。

三吉は請け人（身許引き受け人）の書状を差し出して「よろしくお願（ねげ）ェ致しやす」と頭を下げた。

「梅次ってのはお前ェのてて親けェ？」

政五郎はじろりと三吉を見て訊いた。

「いえ、違いやす。親父はおいらが五つの時に死にやした」

「ほれ親方。十年前に労咳（ろうがい）で亡くなった卯助という大工がおりましたでしょう？あの男の倅（せがれ）ですよ」

　倉蔵は口を挟んだ。

「ああ、覚えてるぜ。腕のいい大工だったな。するてェと、梅次は祖父(じい)さんなのけエ？」

　政五郎は当然のような顔で訊く。

「いえ……」

　三吉は自分と梅次の繋(つな)がりを他人にどう説明していいのかわからなかった。言葉に窮して俯(うつむ)いた三吉に倉蔵は「実は、これにはちょいと訳がありまして」と、助け舟を出した。

　事情を聞いて政五郎は眼を丸くした。

「世の中にゃ、奇特な人間もいるもんだなあ。倅でも孫でもねェ赤の他人の餓鬼を親身に面倒を見るたァ」

「ですからね、親方。この子もそりゃあいい子に育ちましたよ。真面目だし、人には親切だし」

　倉蔵は大袈裟(おおげさ)なほど三吉を持ち上げた。

「母親もどっかに行っちまって、いねェのけェ？」

　立て続けの問い掛けが三吉の胸を苦しくさせた。その時、自分の事情がどこか変だと改めて感じた。

「いえ、隣りにおりやす」

「隣りィ？」

政五郎の声が裏返った。

「他人の梅次の家にお前ェが暮らして、その隣りに実の母親が暮らしているのけエ？」

政五郎はまじまじと三吉を見ながら続けた。

「へい、そうです」

「こいつァ、たまげた」

「親方。梅次さんと、かみさんのおかつさんにとって、この子はもう他人じゃないんですよ。実の孫のようなものなんです」

倉蔵も言いながら額の汗を盛んに拭(ぬぐ)っていた。当たり前の親方なら、そんな七(しち)面倒臭い事情の徒弟など取らなかっただろう。だが、政五郎は吐息を一つついただけで「三年の間は、ただ働きだ。だが、晦日(みそか)に小遣い程度はやるわな。それで辛抱できるなら、明日から通(かよ)ってくれ」と、あっさり応えた。

話が決まると梅次とおかつは大喜びだった。

翌朝、おかつは赤飯を炊いてくれた。初仕事に出る三吉に赤飯の入った重箱を持たせた。

三吉は政五郎に重箱を差し出し「よろしくお願ェ致しやす」と丁寧に挨拶した。赤飯は兄弟子達にも振る舞われた。三吉は兄弟子達に礼を言われて恐縮したものである。

今年の正月から三吉は僅かながら手間賃を受け取れるようになった。大工の日当はおよそ四百文。雨や何かで働けない時もあるから、月に二十五日働くとして二両二分ぐらいにはなる。三吉は手元だから、その半額だった。受け取った手間賃を半分にして梅次に渡すと「隣りのおっ母さんには幾らかやったのけェ」と梅次は訊いた。

「隣りにやったら、おいらの小遣いがなくなっちまう。今まで兄弟子達に奢って貰っていたから、たまには返さなきゃならねェ。隣りはいいってことよ。爺、おいらの弁当代と思って取ってくんな」

三吉は笑いながら言った。

「いけねェ、いけねェ」

梅次は渋い顔で首を振った。

「こいつを隣りに持って行ってやんな」

梅次は金を押し戻した。

「いいんだって！」

三吉はむきになって言ったが梅次は承知しなかった。仕方なく三等分して母親の取り分を作ると梅次はようやく納得した。一回ぐらいは兄弟子達に奢ることもできるだろうと思っていたが、なかなかそうは行かなかった。

政五郎の住まいの近くに「たつみ屋」という一膳めし屋があった。夜は酒も出す店だ。

そこは主夫婦と二人の娘で営まれている。

上の娘は兄弟子の一人と一緒になり、日中だけ手伝っていた。材木の切り込みや墨付け（すみつけ）の作業は政五郎の家の隣りにある細工場（さいくば）で行なわれた。その細工場で仕事をする時、昼飯はたつみ屋で摂（と）るのが政五郎の徒弟達の習慣だった。

たつみ屋の下の娘はおかよという名で十六の娘盛りである。愛嬌はあるが、美人とは言い難い娘だ。おまけにちょいと太っているので、若い男の客も出入りしているのに、おかよにその気になる者はいなかった。

そのおかよが三吉に好いたらしい様子を見せる。三吉は正直、迷惑だった。兄弟子達と一緒にたつみ屋へ行くと、おかよは満面の笑みで三吉を迎え、頼んでもいないのに沢庵の大盛りを出してくれたりする。

兄弟子達は「ほ、この色男」とからかう。

三吉は顔をしかめて「やめて下せェ」と、むきになる。それがおかしいと、兄弟子達は声を上げて笑った。おかよは義理の兄の仕事仲間が客だから遠慮もなく三吉に愛想を振り撒いた。そればかりでなく、深川八幡の縁日に行こうとか、本所の回向院の開帳に行こうとか誘いを掛ける。

「駄目駄目。おいら忙しいんだ」

三吉はにべもなく断った。三吉は政五郎の娘に魅かれていた。父親に似ず、目鼻立ちの整った娘だ。年はおかよと一緒だった。

政五郎には五人の子供があり、上の四人は息子で末っ子のおさとだけが娘だった。政五郎は、このおさとに甘い。おさとが縫ってくれた浴衣や半纏を着る時は必ず「こいつァ、娘が拵えたもんだ」と、聞きもしないのに言った。政五郎の息子達はなぜか親の商売を嫌って家から離れている。

長男こそ材木問屋の番頭をしていて政五郎と顔を合わせる機会もあったが、他は呉服屋だの、札差の所で算盤を弾いているだの、絵師の師匠に弟子入りしているだのと様々だった。政五郎はおさとに婿を取って自分の商売を継がせたい様子だった。

一生懸命修業すれば、親方はいつか自分に白羽の矢を立ててくれるかも知れない。三吉は淡い夢を抱いている。へちゃむくれのおかよに構っている暇はなかった。

「三吉よう、お前ェも手間賃が当たるようになったんだから、たまにゃ、おれ達に奢っても罰は当たらねェんじゃねェか」

切り込みが続いて、たつみ屋で昼飯を摂っていたある日、兄弟子の一人が言った。留次という四十の大工だった。留次は、今まで三吉の掛かりは皆が面倒見てきたから、一度ぐらい返したらどうかと催促していた。それが浮世の義理だと教えたかったのだろう。

「へ、へい」

三吉は低く応えたが紙入れの中身が心許なかった。手間賃を貰った翌日、幼なじみと岡場所に繰り出して、少し派手に遣ってしまったからだ。

「いいよ、いいよ。三吉に奢って貰うほど落ちぶれちゃいねェ」

他の兄弟子は鷹揚に言った。

「そうかなあ。そういうもんかなあ。近頃の若い者は皆、そんな流儀なのけェ」

留次は吐息交じりに呟いた。

「いえ、今日の昼飯はおいらに奢らせて下せェ」

三吉は留次を失望させたくなくて言った。

留次の表情が、ぱっと輝いた。

「やっぱり三吉だ。話がわかるぜ。だが、ゴチになるのは今日限りだ。明日からは心配しなくていいぜ」

留次は三吉を安心させるように言った。大盛りの飯に焼き魚と汁、漬け物がついた昼飯は一人三十二文。三吉を含めて五人いたので都合百六十文だ。紙入れの中には五十六文しかなかった。勘定をする時、三吉はそっとおかよに言った。

「悪いが、今はこれしか持ち合わせがねェ。残りはツケにしてくんな」

おかよは板場の父親を、ちらりと見たが「いいよ。うちはツケを断っているけど三ちゃんのことだ。あたしが立て替えておくね」と応えた。

「恩に着るぜ。晦日に手間賃を貰ったらきっと返すからよ」

「気にしないで。いつでもいいから」

おかよは笑って丈夫そうな歯を見せた。

家に帰ってからその話をし、三吉はおかつに小遣いの無心をした。

「どういう了簡だろう。下っ端に奢らせるなんて」

おかつはぷりぷりしていたが、梅次は「ま、そんなこともあるさ」と、さして気にする様子もなかった。おかよに借りができたことで三吉の気持ちは重くなった。一度ぐらいおかよにつき合って、縁日にでも行かなきゃならないだろう。ツケを払えばそれで済む問題でもないと三吉は思っていた。

三

深川八幡宮は雨のせいで人影も疎らだった。

雨脚はそれほど強くなくて、ぼんやりと生ぬるい日だった。

「もう春ねえ」

おかよはそんなことを呟いた。そうだな、三吉はぶっきらぼうに相槌を打った。

今年は例年より暖かい日が続いている。まだ二月の晦日前だというのに深川八幡の境内に植わっている桜の樹は、早くも蕾をつけていた。

朝は明るい陽射しが降り注いでいたのに、昼近くになると急に曇り出し、おまけに雨まで降ってきた。材木問屋に注文した品物も入って来ないので、政五郎はいら立った声で「今日の仕事は仕舞いだ。道具片づけて引けな」と徒弟達に言った。雨で日当が半分になるのは困ることだが、休みになるのは嬉しい。

これから湯屋に行くとか、将棋を指すとか、本所に出て寄席の小屋を覗くとか、三吉の兄弟子達は、たつみ屋で昼飯を喰いながら、それぞれ算段していた。

ぽっかり空いた時間をどう過ごそうか、三吉も頭の中であれこれ考えていた。

「三吉。お前ェ、これからどうする？」

兄弟子の清助が訊いた。清助はおかよの姉の亭主である。背丈は低いが、がっしりした身体つきをしている。

「さて、どうするか考えていたところです」

「そうか。おかよがな、深川八幡の近くにある小間物屋で化粧の品を買いてェと言っているのよ。ついでに薬種屋に寄って、頼んでいた父っつぁんの持病の薬も取ってくるそうだ。お前ェ、暇だったら、つき合ってやってくんねェか」

いやとは言えなかった。おかよは、すっかりその気で、よそゆきの着物に着替えていた。

雨なのにと三吉は胸で呟いた。それを言えば、雨じゃなけりゃ、こんなことは頼まねェ、と清助は言うはずだ。

「いいっすよ」

仕方なく応えると清助は懐から小銭を出し「帰りに汁粉屋にでも寄りな」と言って、にッと笑った。

小間物屋と薬種屋に寄った後で、深川八幡に行ってお参りした。三吉は気を利かせて赤い錦（にしき）の袋に入ったお守りを買い、おかよに渡した。おかよはそれを胸のところで握り締め「ありがと、三ちゃん」と満面の笑みで礼を言った。

清助に言われた通り、帰りは門前仲町の汁粉屋に入った。

「三ちゃんのとこ、よそとは違っているんですってね」

おかよは汁粉についている紫蘇（しそ）の実（み）の漬け物を摘まみながら訳知り顔で言った。

「清助さんから聞いたのけェ？」

「ええ。うちのお父っつぁんもおっ母さんも、すごく驚いていたよ。だけど、その後で、うちのおっ母さん、しみじみ言ったの。実のてて親が死んでも、可愛がってくれる人が傍にいたから、三ちゃんは、ぐれることもなく素直に育ったんだねって。道理で鷹揚な顔つきをしているって」

「褒めてるのけェ？」

「もちろんよ。貧乏臭いところもないし」

「へ」

三吉は苦笑した。貧乏臭くないとは畏れ入る。懐はいつも空っ風が吹いているのに。だが、おかよは上目遣いで三吉を見ながら「三ちゃん、寂しくて仕方がなかったことなんて今までなかったでしょう？　お腹が空いて泣いたこともないでしょう？」と訊いた。

「それはねェな。いつも爺と婆が傍にいたからよ」

「前にね、てて親を亡くした大工の手元が親方の所にいたのよ。義兄さん達、三ちゃんと同じように手間賃が当たらない内は皆んなで面倒を見てたのよ。恰好もひどかったから、うちの義兄さんは自分の着物や帯をあげたりしていた。その内にそいつの母親がぽっくり死んだのよ。親子二人暮らしだったの。可哀想だからって親方と義兄さん達が相談して皆んなでお弔いを出してやったのよ。そうして三年経ち、そいつも手間賃が入るようになった。さあ、これからお前は一人前だ、しっかり稼ぐんだぜと皆んなはそいつを励ましたのよ」

「それで、そいつはどうなった」

三吉は気になっておかよの話を急かした。

「留次さんのおっ母さんが亡くなった時ね、仲間は香典を持ってお弔いに行ったけど、そいつだけ行かなかったの」

「どうしてよ」

「最初っから行く気持ちなんてなかったみたい」

「恩知らずだな」

三吉はぽつりと言った。自分なら決してそんなことはしない。近所や知り合いに弔いがあれば、何が何んでも駆けつけるのが浮世の義理だと梅次は口癖のように言っていた。三吉もその通りだと思っている。

「そう、恩知らずよ。義兄さんは怒ってそいつに文句を言ったのよ。だけどそいつは金がなかったの一点張りだった」

「親方に借りるとか方法はあっただろうに」

「そうよ、そうなのよ。でも、そいつはそんな頭も回らなかったの。その内、水茶屋の女の人とよくなって、仕事も休みがちになった。業を煮やして親方が怒鳴ったら、次の日から来なくなったの。今は本所の鳶職の土手組（鳶職の下っ端）に雇われたらしくて、どぶさらいをしているのを見たそうよ。義兄さん、真面目に修業していれば今頃、一人前の大工になってそれなりの手間賃を取っていただろうにって残念がっていた。土手組なんて、ものの数にも入らない連中だもの、大工の手元より稼げやしない。そいつ、三ちゃんのように親身に世話をしてくれる人がいなかったの。母親は日銭を稼ぐのが精一杯で、ろくにごはんの仕度もしなかったみたい。いつもお腹を空かせていた。うちの店にもツケをして、とうとう踏み倒されちゃった」

「………」

まかり間違えば、そいつと同じ運命を辿ったかも知れないと三吉は思う。

「でも三ちゃんは違う。三ちゃんには徳のようなものがある。きっと三ちゃんはこの先も倖せに暮らせると思うよ」

「先のことなんてわからねェよ」

三吉はそう言って残りの汁粉を啜った。

「三ちゃん、本当は親方のお嬢さんと一緒になりたいんでしょ？」

おかよは三吉から視線を避けて言った。

「んなことねェよ」

三吉は慌てて言う。

「そうかしら。お嬢さんを見る三ちゃんの目つき、何んだかうっとりとしているように見えるけど」

「考え過ぎだ」

「まあね、お嬢さんはきれえだし、親方が傍についているからお金にも困らない。三ちゃん、婿入りを企んでいるのじゃなかろうかと思っていたの」

「そんなこたァ、思っちゃいねェよ」

とり繕って笑ったが、おかよは笑わなかった。

「意地悪で言うつもりはないけど、そう思っていたなら、おあいにく様。お嬢さん、秋に祝言を挙げるのよ」

「………」

「ほら、がっかりしている」

「初耳だったんでびっくりしただけだ」

「そう？　材木問屋の若旦那の所にお嫁に行くんだって」

「婿は取らねェってことけェ？」

「ええ」

「そいじゃ、親方は跡を継ぐ人がいなくなるじゃねェか」

「親方は一代限りで商売が終わりになってもいいんだって。息子さんに無理やり継がせてもうまく行かないだろうから、後は弟子に任せるそうよ。親方が段取りできなくなっても、その頃には義兄さん達が何んとかこなして行けるだろうし」

「そうけェ……」

三吉の声にため息が交じった。

「うちのお父っつぁんもおっ母さんも三ちゃんのこと気に入っているの。うちに来て貰ってもいいんだけど」

おかよは上目遣いで言う。そら来たと思った。

「あのな。小糠(こぬか)三合持ったら婿に行くなという諺(ことわざ)を知らねェのけェ？」

そう言うと、おかよは俯き洟(はな)を啜った。

「な、何も泣くこたァねェじゃねェか。おいら、今は女房を貰うことなんて考えられねェと言ってるだけだ」

「あたしなんて、駄目よね。お面は悪いし、太ってるし、三ちゃんが気に入るような女じゃないし、わかっているのよ」

「手前ェをそう安く言うこともねェ。おかよちゃんは働き者だし、人柄もいい。お前ェのようなおなごを女房にした亭主は果報者だぜ」

「本当？」

　おかよは泣き笑いの顔で訊いた。

「おうよ。だからな、もちっと待ってくんな。おいらが一人前になって、女房を貰おうかなと思うようになったら、そん時はおかよちゃんのことも考えるからよ」

　三吉はおかよを慰めるつもりでそう言った。

　おかよは張り切って「あたし、待っている」と応えた。

　三吉は胸の内で「あちゃあ」と呟いた。お愛想が過ぎたかも知れない。

　おかよをたつみ屋に送って与惣兵衛店に戻ると、母親のおむらが傘を差して出かけるところにぶつかった。

「おや、早いね」

　おむらは気軽な言葉を掛けた。

「この雨だ。早仕舞いよ。ところがたつみ屋の娘につき合わされて八幡様まで行って来たのよ」

「たつみ屋の娘って、太(ふと)っちょの子かえ」

おむらは平然と訊く。三吉もそう思っていたが、おむらに言われると、むっと腹が立った。そんな気持ちが自分でも不思議だった。

「よそに行って、そんなこと喋るなよ。たつみ屋の姉娘はおいらの兄弟子と一緒になっているんだ。世話にもなっているのよ。陰でおっ母さんが娘の悪口を言っていたと耳に入ってみろ、おいら、立場がなくなる」

「悪口を言った訳じゃないさ。見たままを言ってるだけじゃないか」

「それが悪いってんだ。いい年して、もっとまともな口を利けねェのかい」

「………」

「ったく」

三吉はぶつぶつ言って家に入ろうとした。

「三吉……」

おむらは心細いような声で言った。

「何よ」

「あたし、米さんと一緒になろうかと思っているんだけど」

米さんとは、おむらの所に出入りしている米吉のことだった。おむらより三つ年下で、佐賀町の干鰯問屋に勤めている男だった。

「米さん、かみさんがいるんじゃなかったのけェ？」

「この間、別れたのよ」

米吉の女房はおむらの家に入り浸る亭主に愛想を尽かして出て行ったらしい。

「子供を置いて行ったの。まだ八つの娘なのよ。米さん、娘と一緒にこっちへ移って来たい様子なの。近所の目もあるから」

おむらは三吉の顔色を窺うように続けた。

「好きにしたらいいじゃねェか。今までもそうだったしよう。おいらにわざわざ断りを入れることもねェ」

「ああ、よかった。お前に何を言われるかと、びくびくしていたんだよ」

おむらは安心したように笑った。

「へ。おいらが今さら何か言うもんけェ。ただし、そういうことならおっ母さんの面倒は米さんに任せる。今後はおいらを当てにしねェで貰いてェ。おいらは爺と婆の死水を取る覚悟でいるからよ」

「わかっているよ」

「金もやらなくていいな？」

「そんな」

その時だけ、おむらは慌てた。

「おいら、色々と物入りなんだ。たつみ屋にツケもあるしよう。今後はお互い、別々の道を行こうや。ま、今までもそうだったし」

そう言って、三吉は梅次の家の油障子を勢いよく開けた。おむらはそのまま、しばらく三吉の様子を眺めていたようだ。

四

二、三日して、三吉が床に就いた頃、がらがらと大八車（だいはちぐるま）の音がした。米吉が家財道具を持って娘とともにやって来たらしい。
「今頃、何んだろうね」

おかつは不審そうに言った。

「米さんが前に住んでいたヤサ（家）を引き払って、こっちにやって来たのさ」

三吉はさりげなく応えた。

「お前、知っていたのかえ」

おかつは驚いて訊く。

「ああ」

「どうして黙っていたのさ」

「どうしてって、おっ母さんがそうしてェのなら、おいらがあれこれ言うこともねェと思ってよ」

「だって、母親じゃないか」

「今さら親でも子でもねェよ」

三吉は寝返りを打っておかつに背を向けた。

「あれ、子供の声がするよ」

「米さんの娘だ。八つだそうだ」

「そうかえ……」

思案するようなおかつの声だった。自分の子供を他人に預け、今度は他人の娘をおむらが育てる。世の中は皮肉なものだと言いたかったのかも知れない。おむらのやっていることは、おかつにとって理不尽なことだ。そう思うと三吉はすまない気持ちになった。

「婆、すまねェな。おいらみてェな厄介者がいてよ」

三吉はおかつに背を向けたまま、低い声で言った。

「何言ってるんだ。あたしはお前のこと厄介者だなんて思っちゃいないよ。妙なことは考えないでおくれ」

明るい声で応えたおかつに、三吉はほろりとなった。梅次は眠ってしまったのか何も言わなかった。

翌朝、道具箱を肩に担いで仕事に出る時、おむらが米吉の娘に顔を洗わせているのが見えた。

「お早う。出かけるのかえ」

おむらは三吉に言った。嬉しそうな顔だった。

「ああ」

「ほら、おたけちゃん。昨夜話しただろ？　あんちゃんだよ」

おむらは傍の娘に言う。痩せて陰気な顔をしていて、さっぱり可愛げがない。

「あんちゃん……」

おたけという娘はぶっきらぼうに言って、三吉の顔をまじまじと見た。

「おいらはお前ェのあんちゃんじゃねェよ。よそのあんちゃんと呼びな」

「三吉！」

おむらは声を荒らげた。

「行ってくるぜ」

三吉は二人に構わず与惣兵衛店の門口を抜け、亀久橋の近くにある大和町の現場へ向かった。切り込みと墨付けが終わったので、いよいよ建て込みに入る。現場は大和町の質屋だった。質屋の離れに隠居所を建てるのだ。

これから当分は大和町通いが続く。たつみ屋から少し足が遠退くことになるので、内心、三吉はほっとしていた。

たつみ屋のツケは気になっていたが、支払いに行けば、おかよがまたあれこれ言ってくるのではないかと思い、何んとなく三吉はそのままにしていた。

隠居所の柱を建て、形ばかりの棟上げ式を済ませた翌日、三吉が玄能を振るっていると、与惣兵衛店の女房の一人が大慌てで三吉を呼びに来た。おすまは梅次の真向かいに住んでいる三十がらみの女房で、おかつと仲がよかった。

「三ちゃん、大変だよ。梅さんが倒れた」

「え？」

背中に悪寒が走った。兄弟子達はそれを聞くと「後のことはいいから、すぐに帰ェんな」と言ってくれた。

「すんません」

三吉は道具を放り出したまま、与惣兵衛店に走った。梅次の家の前に人垣ができていた。

皆、心配して様子を見ている。その中におむらの姿もあった。

「おっ母さん。どういう按配(あんばい)よ」

荒い息をして三吉はおむらに訊いた。おむらの横には、おたけがぴったりと寄り添っている。

「道端で倒れていたんだって。戸板で運ばれて来たのさ。今、お医者さんが診(み)ているよ」

「そうけェ。ちょいとどいてくんな」

三吉は人垣を掻き分けて中に入った。

梅次は蒲団に寝かされて眠っていた。意識があるのかどうかわからない。枕許にはおかつと春吉が心配そうな顔で座っていた。春吉も仕事の途中で呼び出されたらしく、店のお仕着せの恰好だった。

「三吉……」

おかつは三吉を見ると心細い声を上げた。眼が潤んでいる。近所の町医者は六十を過ぎた年寄りだが腕はいいと評判だった。その医者が手当てしてくれたら、きっと梅次は助かると三吉は信じた。三吉は障子の傍にそっと腰を下ろして梅次を見つめた。梅次の顔は土気色だった。もともと色黒の男だが、その顔色は陽灼けとは違うものに思える。

「いやあ、これは……」

町医者の坂田青雲は梅次の腕を蒲団の中に戻すと、ため息交じりに言った。

「どうなんですか、先生。爺は助かりますかい」

三吉は後ろから声を掛けた。

「年も年ですからな。倒れてすぐに手当てをすれば大事には至らなかったでしょうが、人が気づくまで時間が経ってしまったようです。わたしは何んとも申し上げられません」

青雲は振り返って気の毒そうに言った。

「そんな……」

「いずれにしても今晩が山です。明日、もう一度様子を見にきますよ。もしもその前に変化がありましたら知らせて下さい」

青雲はそう言って腰を上げた。おかつは青雲を見送り、長屋の女房達に、とり敢えず引き取っておくれなと柔らかく言った。

「いつかはこんなことになるかも知れねェと思っていたが、それは、おれが考えていたより早くやって来ちまった。何んてこった」

春吉はぶつぶつと言う。

「おいら、もう年だから外回りの仕事はやめたらどうかと言ったことがあるのよ。だが、爺は素直に話を聞いてくれなかった。客はじっと待っていても来ねェと理屈をつけてよ」

梅次は足がだるいの、腰が痛いのと、しょっちゅう言っていた。足腰だけでなく心ノ臓も相当に弱っていたのだ。それに気づいてやれなかった自分に三吉は腹が立った。

「親父も頑固だからな」

「別に金なんて稼がなくてよかったのによう。あんちゃんはもちろん、おいらも幾らか手間賃を入れるようになったしよう」

三吉は詮のない愚痴を続けた。

「親父の性分が仇になっちまったな。男は仕事ができる内が華だと言っていたからなあ」

春吉は、やるせないため息をつく。

「無理して仕事に出ていたんだろう。馬鹿だよ爺は」

やり場のない怒りが収まらない。

「戸板で運ばれて来た時ね、少し口を利いたんだよ」

おかつは茶を淹れながら口を挟んだ。

「爺は何んと言っていた？」

三吉はぐっと首を伸ばした。

「三吉の道具を何んとかしなけりゃって」

「………」

「お前、大工道具は使いっぱなしで、手入れなんぞ、ろくにしなかったからねェ。いつも爺が気をつけて見てやっていたんだよ。毎朝、涼しい顔で出かけるお前を見て、うん、今日もちゃんと稼げるだろうって独り言を言っていたのさ。だから、自分が倒れたってのに、お前の道具が気になって仕方がなかったんだよ」

涙が自然に溢れた。三吉の道具箱の中は、いつも整然と片づいていた。かんな屑を丁寧に払い、梅次がひとつひとつ道具を調べていたのは知っていた。鑿に刃こぼれができていないか、鋸の目は揃っているかと。少しでも不足があれば土間口に下りて手入れをしてくれた。梅次が三吉の道具に気を遣ってくれるのを三吉は半ば当然のように思っていたのだ。

だが、梅次がこうなってしまうと、そのことがやけに胸に滲みる。礼のひとつも言うべきだったと三吉は悔やんだ。

「おれ、一度見世に戻るわ。三吉はどうする？」

春吉は急に仕事を思い出して言った。

「兄弟子達は、後は任せろと言ってくれたから、おいらはここにいてもいいぜ」

「そうけェ。そいじゃ、頼んだぜ」

春吉はそう言うと、高下駄の音をさせて戻って行った。

「三吉。お前、爺についておくれ。あたしは晩ごはんの買い物に行ってくるから」

おかつも買い物籠を持って出かけた。

梅次は眼を瞑ったままだった。その顔を見つめていると、梅次の家に預けられてから今までのことが三吉の脳裏に甦った。

「爺」

三吉は声を掛けた。梅次の返事はなかったが、三吉は構わず喋った。

「おいらと爺はどんな因縁があったんだろうな。伜でも孫でもねェのに、ずっと一緒に暮らしてよう。今、ふっと思ったんだが、前世では、きっとおいらは爺の本当の孫だったんじゃねェだろうか。何かの事情で離れ離れになったから、神さんがこの世で引き合わせてくれたのかな。そんな気がして仕方がねェのよ。え？　爺もそう思わねェか。心配すんな、爺にもしものことがあっても婆の面倒はおいらが見る。婆に寂しい思いはさせねェ。それは約束するぜ。だがよ、もちっと辛抱できねェかい。せめておいらが所帯を持つまでよ。かみさんは爺と婆に優しくしてくれる女にするからよ」

言えなかった言葉が次々と口を衝いて出た。

三吉は泣きながら梅次に喋り続けた。

だが、三吉の願いも空しく、梅次は翌日の未明に息を引き取った。

弔いのために三吉は仕事を休んでおかつと春吉の手助けをした。政五郎や兄弟子達も悔やみにやって来てくれた。政五郎の過分な香典におかつは大いに驚いていた。

初七日が済んで、翌日から仕事に戻ろうと考えていた三吉に春吉は気後れしたような顔で口を開いた。

「実は折り入って、お前ェに話があるんだが」

「何よ、あんちゃん」

そう訊くと、春吉はそっとおかつを振り返った。おかつは前垂れで洟を拭っている。二人の様子がおかしかった。

「親父が生きている内は、こんな話をするつもりはなかったんだが、こうなっては仕方がねェ。今後のことを相談してェのよ」

「今後のことって？」

三吉は呑み込めない顔で春吉を見た。おかつ譲りの涼しげな眼をしている。板場の湯気に始終当たっているので、膚(はだ)は透き通るように白かった。

「おれァ、女房を持とうと考えている」

「……」

「うちの見世の女中をしている女だ。ふた親が早くに死んでいるんで、お袋と一緒に暮らすことも喜んでいるのよ」

「そうけェ……」

「ここに連れて来ようと思っている。いや、回りくどい言い方はしたくねェ。その女の腹に子ができているのよ。もちろん、おれの子だ」

春吉の言いたいことはわかった。狭い裏店暮らしに三吉がいては邪魔なのだ。

「おいらに出て行ってくれということだな」

そう訊くと春吉は黙り、下を向いて唇を噛んだ。しばらく居心地の悪い沈黙が続いた。

「本当はこんなこと、言いたくねェんだ。お前ェを実の弟のように思っていた。それは嘘じゃねェ。おれが上方に修業に出ていた時、お前ェがおれの代わりに親父とお袋の傍にいてくれた。心底、ありがてェと思っていたんだ。本当なら、ぱりっとした一軒家を借りて、皆んなで一緒に住みてェのよ。だが、おれはあてがい扶持の料理人だ。そんな器量はねェ。三吉、わかってくれ」

春吉は悲痛な声を上げた。それに誘われるようにおかつも泣き声を立てた。

「わかった」

三吉は低く応えた。

「これ……」

おかつは紫の袱紗に包んだものを三吉の前に差し出した。

「何よ」

「香典が思ったより集まったのさ。色々支払いをして、残った中からお前の取り分を作った。これで先のことは何んとかしておくれ」

「いらねェよ。手切れ金でもあるまいし、おいらはおいらで何んとかやって行く。心配すんねェ」

三吉はその場にいたたまれず「ちょっと、兄弟子達に相談してくらァ」と言って、腰を上げた。

外に出ると、おむらが慌てて油障子にしんばり棒を支う音が聞こえた。胸が冷えた。恐らくおむらは三人の話を聞いていたのだ。自分の所へ三吉が転がり込むのを警戒して、しんばり棒を支ったのだろう。そんなことは、これっぽっちも考えていないのに。

三吉は奈落に落とされた気持ちだった。この先、どうしていいのかわからなかったが、足は自然にたつみ屋へ向かっていた。ツケを払うついでに一杯飲みたかった。そしておかよに慰めて貰いたかった。どこまで甘えているんだと自分を叱っても、他に行き場所はなかった。

五

たつみ屋の軒行灯が見えた時、三吉は、ほっとした。懐しい気持ちもした。半月ほど店には顔を出していなかったからだ。

縄暖簾を引き上げ、そっと中に入ると、おかよは驚いた顔をしたが、その後でいつもの笑顔を見せた。

「どうしたの、こんな時分に」

「ちょいと相談があってよ」

「そう？　座って」

おかよは土間口の床几を勧めたが、三吉は飯台の隅の醤油樽に腰を下ろした。そこは板場の傍で、おかよの父親の金三郎が魚を焼いているのが間近に見える。三吉に気づくと「色々、てェへんだったなあ」と労をねぎらってくれた。

「お蔭さんで。その節はお参りして貰ってありがとうごぜェやす」

「なあに。酒は燗をつけるかい」

「いや、冷やでいいっす」

「そうけェ」

店は小上がりに四人の客がいるだけだった。

おかよの姉も帰り、母親も内所（経営者の居室）に引っ込んでいるのか姿が見えなかった。

「おィ、魚、上がったよ」

金三郎はおかよに言った後で、三吉の前に湯呑を置き、片口丼に入った酒を注いだ。

「いただきやす」

三吉は一礼して湯呑に口をつけた。

「親父さんは幾つの時からこの商売をしているんで？」

金三郎は政五郎と同じような年頃で、四十五、六になるだろうか。梅次を見慣れた眼には、やけに若く感じる。

「そうさなあ、かれこれ四十年になるかな。最初は夜鳴き蕎麦屋をしていたのよ。女房を貰って、おみつが生まれた年に借金してこの店を開いたんだ。夜鳴き蕎麦屋は、ほれ、夜の商売ェだから、娘に構う暇もなくてよ」

おみつとは、おかよの姉の名前だった。

「おっと、めじ（めじまぐろ）喰うけェ？　いいのが入っているよ」

金三郎は、ふと思い出して訊いた。

「いただきやす」

そう言うと、金三郎は刺身包丁でお造りを拵え始めた。

「おれんとこは倅がいねェから、おみつに婿を迎えようかと思っていたんだが、おみつの奴、清助と一緒になるからって、言うことを聞かなかったのよ。後はおかよ頼みだ。三ちゃん、どうでェ、おかよと一緒になってくれねェかい」

金三郎は冗談半分、本気半分のような顔で訊いた。

「お父っつぁん、なに馬鹿なことを言ってるのよ。三ちゃん、世話になったお爺ちゃんが亡くなったばかりなのよ」

おかよは声を荒らげて父親を窘（たしな）めた。

「わ、わかっているよ。おっかねェな。ほい、お造り」

めじにわさびをなすりつけ、それを醤油にちょいとつけて口に運ぶ。めじの脂（あぶら）が口中に拡がった。

「うめェ」

三吉は感歎の声を上げた。

「そうけェ、そいつはよかった」

金三郎は嬉しそうに笑い、煙管に一服点けた。

「めじがこんなにうめェとは思わなかった」

言いながら、三吉は泣けてきた。

「爺さんを思い出しているのかい」

金三郎は気の毒そうに訊いた。

「そうじゃねェんですよ。おいらは今までのほほんと生きて来て、何も考えちゃいなかった。ところが爺が死んだ途端、事情がどんどん変わって、どうしていいかわからねェんですよ」

「おかよ、おかよ、こっちへ来な。三ちゃん、おかしいぜ」

金三郎は慌てておかよを呼んだ。

「もう、大きな声出さないでよ、恥ずかしい。どうしたの三ちゃん。何かあった？」

おかよは三吉の隣りに腰掛け、深々と三吉の顔を覗き込んだ。

「おかよちゃん。今夜のおかよちゃんは、やけにきれえに見えるぜ。おいらの眼がどうにかなったのかな」

八間（はちけん）（大きな吊るし行灯）に照らされたおかよの眼が、きらきら光っていた。

「お世辞を言わなくてもいいのよ。さあ、話して。あたしに言いたいことがあるんでしょう？」

「おいら、与惣兵衛店を出なくちゃならねェのよ。あんちゃんが嫁を貰うんで、おいらは邪魔なんだと」

そう言うと、おかよは金三郎と顔を見合わせた。

「それで、三ちゃん、どうするの？　別の裏店を探す？」

「おいら、独りで暮らしたことはねェから、独り暮らしはいやだ」

「……三ちゃん、それってどういう意味？　あたしと一緒になりたいってこと？」

おかよの顔が俄（にわか）に緊張していた。安直な選択だった。それは三吉もよくわかっていた。

だが、三吉は寂しさに耐えられそうもない自分を知っていた。おかよに少々不満はあっても、一緒にいた方がましだと思う。

三吉は返事の代わりに湯呑の酒を飲み干した。かッと胸が熱くなった。

「三ちゃん。そういう了簡じゃいけねェよ」

だが、金三郎は諭すように言った。

「お父っつぁん！」

おかよの声が尖った。金三郎は「うるせェ」とおかよを制した。

「三ちゃん。居場所がなくなったから、うちのおかよと一緒になるのけェ？　一緒になるってな、そんな簡単なもんじゃねェよ。犬猫でもあるまいし」

金三郎は真顔だった。いつも軽口を叩いているような男だったから、その時の金三郎が三吉には怖かった。

「すんません」

三吉は下を向いて謝った。

「お前ェ、大工をやめるつもりなのけェ？」

金三郎は試すように訊いた。

「いいえ、せっかく今まで修業したんで、やめるつもりはありやせん」

「そうだろうな。ここでやめたら、今までの三年間が無駄というものだ。だがよ、おかよの亭主は、この店を継いでくれる奴にしてェのよ。それはわかるだろ？」

「へい」

「お前ェがうちの店から親方の所へ通うってのも妙な図だ。おれはまっぴらだ！」

　金三郎は吐き捨てるように言った。三吉は返す言葉もなかった。

「おかよちゃん、勘定してくれ。それと前に借りた分も一緒に取ってくれ」

　三吉は腰を浮かした。おかよは前垂れで顔を覆ったまま何も応えなかった。小上がりの客も金三郎の剣幕に恐れをなし、押し黙って酒を飲んでいるばかりだった。

「いいじゃないか。三ちゃんがここから親方の所へ通ったって。三ちゃんは居候になる訳じゃない。ちゃんと喰い扶持は稼ぐつもりなんだ。おかよの亭主はこの店を継いでくれる奴にするだって？　お前さん、そんなことを言っていたら、おかよはいつまでも貰い手がないよ。三ちゃんだけじゃないか、おかよと一緒になってもいいと言ってくれたのは。他に誰がいた！」

　内所の間仕切りの暖簾を引き上げ、おかよの母親のお松が眼を潤ませて金三郎に喰って掛かった。

「だけど、お松……」

「お前さんだって、三ちゃんのことを買っていたはずだ。今さら何んだよ。何が不足で反対するんだえ」

お松の理屈に金三郎は何も言えなかった。

「三ちゃん。荷物をまとめて、うちへおいで」

お松は優しく言った。

「いいんですかい」

三吉はお松ではなく、金三郎に訊く。金三郎は言葉に窮して「うう」と唸った。

小上がりから拍手が起きた。

「大将、めでてェ話になったじゃねェか。今夜は大将の奢りでいいな」

客はその気になって言う。

「こうなりゃ、やけだ。おかよ、暖簾下ろしな。今夜はおれもとことん飲むぜ」

金三郎は照れ笑いにごまかした。

親方の娘のおさとより早く、三吉は深川八幡宮でおかよと祝言を挙げた。花嫁衣裳のおかよは普段の二倍も大きく見え、傍にいた三吉は霞(かす)んでいたと、兄弟子達はからかったものだ。おかつとおむらは三吉の晴れ姿に涙をこぼして喜んでいたが、それは安堵の涙でもあったのだろうと三吉は内心で思っている。

三吉は毎朝、たつみ屋から仕事に出る。帰って来ると、湯屋へ行き、その後で店の飯台の隅で晩飯を食べる。雨で仕事が休みになった日や、たまに客の入りがよくて忙しい時は店を手伝う。そういう暮らしも半年ほど経ったら慣れた。

　おかよは存外にいい女房で、部屋の中をきれいに片づけるし、三吉にはいつも小ざっぱりとした恰好をさせてくれる。

　新しい暮らしに不満はなかった。なかったけれど、時々、与惣兵衛店のことを三吉は思い出した。

　あれは蛤町の現場の帰りだった。建て主から文句が出て、梯子段の手直しをして遅くなった時である。

　与惣兵衛店の門口が、まるで「ごくろうさん」と言っているように感じられた。おかつや春吉と喧嘩別れした訳ではないので、気軽に寄ったところで悪い顔はされないはずだった。

　与惣兵衛店の住人達は晩飯を終え、寝るまでのひと時を家族で世間話でもしながら過ごしているようで、外に人影はなかった。

　ふと、赤ん坊の泣き声が聞こえた。春吉の子供は三吉が祝言を挙げた後に生まれたのだ。

「おう、よしよし。どうしたって言うのさ。何んだってそう泣くんだえ。その顔、お父っつぁんの赤ん坊の頃とそっくりだよ。いやだねえ」

おかつのはしゃいだ声も聞こえる。油障子を開けることは、三吉にはどうしてもできなかった。

三吉は、その場に突っ立ったまま、中からの灯りが透けて見える油障子を見つめた。表店の壁に覆われ、ろくに陽も射さなかった狭い座敷の様子が手に取るようにわかる。だが狭いからこそ、人の懐に抱かれたように安心して落ち着けた。梅次は裏の濡れ縁の傍に南天の樹を植えていた。冬の朝は、その南天に雪が積もり、そりゃあきれいだった。

南天の横に縁の欠けた火鉢が置いてあり、夏は水を張って金魚を泳がせた。家の中のことは天井の節の数まで鮮明に思い出せる。なのに、そこは三吉の住めない場所になってしまった。

与惣兵衛店の門口を抜けてからも、三吉は未練たらしく振り返った。元の家主も三吉と同じような気持ちで、この与惣兵衛店を眺めたのではないかと、ふと思う。

了簡の甘さがツケを増やし、にっちもさっちも行かなくなったのだ。自分も知らずに世の中のツケを増やしていたのだ。本来は味わうはずだった寂しさのツケ、しなければならなかった苦労のツケだ。そう言えば、結局、たつみ屋のツケは払わずじまいになった。

おいらにはおいらのツケがある。三吉は唇を嚙み締めて強く思う。そのツケを返すために、これからもあくせく稼ぐのだ。

もう、こんな思いはごめんだ。三吉は肩の道具箱を揺すり上げると、小走りに吉永町へ向かっていた。

あんがと

一

　本所は、大川を一本隔てた江戸府内とは、明らかに景色の違う場所である。これに対し、江戸城を中心に放射状に発展した府内は町が複雑に入り組んでいる。本所は碁盤目状の町が整然と形成されていた。

　本所の開発が本格化したのは寛文元年（一六六一）に大橋（後の両国橋）が架けられてからのことだという。大坂の河川計画に倣い、低湿地に川を掘削し、その残土で埋め立てした土地に町を作ったのだ。

　小名木川、竪川、北十間川、北割下水、南割下水の五本の川が東西に流れ、それ等に直交する形で南北に大横川と横十間川が流れている。待乳山・浅草寺を大坂城に見立てると、北割下水は東横堀川、南割下水は西横堀川に相当するという。そして大横川は道頓堀川、横十間川は長堀川に相当するという訳だ。その他に六間堀、五間堀という堀も作られた。こうした河川計画が洪水を防ぎ、町の発展に役立ったことは言うまでもないだろう。

　しかし、本所の町と言えば主に大横川の西側を指し、その東側は緑の田園風景の中に武家屋敷と寺がぽつぽつと点在しているだけで、町人地は少なかった。

慈恵山・万福寺は大横川の東の押上村にある小さな尼寺だった。曹洞宗のこの寺は住職の安念、副住職の恵真、それに妙円、浄空という四人の尼僧で営まれていた。

世俗の執着を捨て、仏弟として生きる四人であるが、尼寺のせいか、どことなく優しげな風情が万福寺には漂っている。

寺には佐吉という下男もいた。佐吉は万福寺のただ一人の男であるが、すでに還暦を過ぎており、仕事を終えた暮六つ（午後六時頃）過ぎには寺の近くにある家に戻る。女房との間には五人の子があり、孫も十二人を数える。

佐吉が万福寺に奉公しているからと言って、妙な勘繰りをする輩は、村にはいなかった。

万福寺の尼僧達にとって、佐吉は下男であるとともに、あまり当てにはならないが寺の用心棒代わりでもあったのだ。

住職の安念は信濃国の出身で、若い頃に本山の命を受け、はるばる押上村までやって来た。そこで副住職の恵真を養女に迎え、さらに恵真は妙円と浄空を養女に迎えた。寺を存続させるためである。

安念が万福寺に来た当初は村人の風当たりが強かった。尼さんなんぞに先祖の供養を頼んでもありがたみがないという理由である。

安念はまだ二十四歳という若さだったので、村人達の言い分も無理のないことだった。万福寺の檀家を辞めて別の寺に替えた所も少なくなかった。だが、安念は根気よく村々を廻り、御仏の功徳を説いた。それが功を奏したようで、安念が押上村に来て十年も過ぎた頃から、ようやく檀家の信頼を得られるようになったのだ。

とは言え、檀家は二百にも満たない数で、寺の維持は容易でない。春秋の彼岸、夏の盂蘭盆、葬儀、法要を入れても、四人の尼僧が食べるだけのかつかつの暮らしが続いていた。

本堂の屋根瓦は所々剝げ落ち、厨の戸は渋くて開け閉てに往生し、畳はすっかり古びて毛羽立っている。万福寺は絵に描いたような貧乏寺だった。それでも四人の尼僧は屈託ない表情で毎日、勤行、掃除、托鉢に励んでいた。

万福寺は田圃の畦道の途中にできた低い丘の上にあった。周りは樹木で覆われているので、そこに寺があるとは、初めて訪れる者には容易にわからない。

だが、よく眼を凝らすと、寺に続く白い道が見える。やがて古い石段になり、そこを百八十八段上ると境内に出る。境内の右手には鐘つき堂があり、明六つ（午前六時頃）と暮六つには佐吉が鐘を撞いて村人に時を知らせるのだ。

境内の突き当たりに本堂があり、横に納所と厨が並んでいる。墓所は本堂の裏手にある。

墓参りに訪れる者は納所で水桶を借り、厨の傍の細い道を通って墓所に向かう。

普段の尼僧達は藍色の作務衣に身を包み、くるくると動き回っている。勤行と掃除を済ませると、妙円と浄空は墨染めの衣に饅頭笠を被り、手には錫杖と喜捨を受ける木の椀を持ち、首から頭陀袋を下げて、大横川に架かる業平橋を渡って西の本所へ出かける。人の往来が多い場所に立ったり、あるいは家々を廻ったりして托鉢をするのだ。托鉢は修行の意味もあるが、もちろん寺の実入りの不足を補う目的が大だった。

境内は季節柄、紫陽花が蕾をつけていた。

紫陽花ばかりでなく、梅、桜、つつじ、山吹、桔梗等四季折々の花が参詣に訪れる者の眼を喜ばせている。

「恵真。今年の紫陽花は、ちゃんと咲いてくれるでしょうか」

安念は雑草を引き抜く手を止めて、紫陽花の世話をしている恵真に言った。

「そうですね。去年は佐吉が花芽を摘んでしまったので、いつもの半分も咲きませんでしたからね。今年は大丈夫と思っていますが、花が咲くまで心配ですよ」

読経で鍛えた美しい声で恵真は応える。三十二歳の恵真は細身の身体をしていて、皺もしみもない色白のきめ細かい膚をしている。

一方、五十七歳の安念は年齢のせいか、この頃、身体にふっくらと肉がついてきた。目尻の皺も目立つ。世の女達のように身を構うことはないが、安念は自分の二の腕の太さに、ひそかにため息をついている。

「あなたは花芽を摘んでしまった佐吉に大層腹を立てて、怒鳴ったではありませんか。佐吉は畏れ入って、あれから紫陽花には手を触れなくなったのですよ」

安念は、さも愉快そうに、ころころと鈴のような声で笑った。

「佐吉は農家の生まれなのに、花の手入れは不案内のようです」

恵真は、にこりともせずに応える。

「そんなことはありませんよ。梅や桜は花時が終わると肥やしをやって、翌年も上手に花を咲かせるじゃありませんか」

「紫陽花は梅や桜とは違います。土の質によっても花の色が変わる難しい花なのですよ。わたくしは赤みのある紫陽花は嫌いです。何んと言っても薄紫、濃紫が極上というものです」

「そうですね。うちの紫陽花は、その極上の部類でしょう。恵真が親身にお世話をするので紫陽花もそれに応えてくれるのですよ。雨が降ると特に興を覚えます」

安念はその時の景色を思い浮かべたように眼を細めた。

「佐吉のお隣りの留吉さんが亡くなったのは去年の今頃でしたね。一周忌の法要はなさるのでしょうか。留吉さんの所は娘さんばかりなので、満足なことはできないでしょうが」

恵真は檀家のひとつを持ち出した。

「下の娘さん達は江戸へ奉公に出ていますし、上の娘さんは、おかみさんの代わりに畑仕事を引き受けていますからね。上の娘さんも二十歳を過ぎたでしょう。よいお婿さんがいらっしゃるといいのですが。でも、大事な檀家のこと、この際、お布施は当てにせず、ねんごろに供養してやりましょう」

安念がそう言うと、恵真は短いため息をついた。

「お母様。そろそろ本堂の屋根瓦は修理しなければなりませんよ。雨洩りが年々、ひどくなっておりますから」

恵真は、鷹揚な安念にいらいらしているようだ。

「それはわかっておりますが、何しろ先立つものが……」

「庄屋さんの所は、昨年、豊作だったので、ご夫婦と親戚とでお伊勢参りに行ったそうですよ。伊勢の神さんには大盤振る舞いしても、ご先祖様を祀る万福寺には、つれないそぶり。奉加帳でも回してやろうかしらん」

恵真は不満そうに言った。

「庄屋さんには何かとお世話になっております。これ以上、無理は言えませんよ」

「お寺によっては富籤を売り出したり、博打の会場を貸したりして寺銭を稼いでいるところもありますよ。うちも何か策を講じなければ、その内に廃寺になってしまいますよ」

「廃寺は大袈裟ですよ。跡を継いでくれる妙円も浄空もいるのですから。真面目に精進していれば、いつか仏様の功徳もあるというものです」

「お母様は呑気なのですよ。地獄の沙汰も金次第と言うではありませんか」

「おや、生臭いことをお言いだ。仏に仕える者の言葉ではありませんよ」

安念はぴしりと恵真を制した。恵真も言い過ぎたと思ったようで、それ以上、口は返さなかった。

午前中、境内の花の手入れをした二人は昼刻（ひるどき）になったので厨の外の井戸で手を洗い、昼食を摂（と）ることにした。

朝食の残りの粥（かゆ）を温め直し、梅干し、ひじきの煮物、香の物という質素な昼食だった。

月命日のお勤めで檀家を廻った折、万福寺の尼僧は昼飯を振る舞われることがあった。

おおかたは寺と似たような食事だったが、たまに魚がつくこともある。その時、生臭ものは口にしないなどと、堅いことは言わなかった。何んでもありがたくいただくのが万福寺の方針だった。

だから法要の後に出る酒も拒まない。いける口の安念は「般若湯（はんにゃとう）をいただきます」と涼しい顔で言って、恵真を呆れさせている。

酒や魚は嫌いではなくても、やはり寺で長年食べているものが、万福寺の尼僧達には、いっとうおいしく感じられた。

「今夜はけんちん汁でも拵（こしら）えましょうか。そうそう、佐吉がお餅を持って来てくれたので、それも入れましょう」

安念は嬉しそうに言う。

「お餅とごはんを召し上がったら、また肥えますよ」

恵真はちくりと嫌味を言った。安念は、はっとした表情になる。

「冗談でございますよ。たんと召し上がって、いつまでもお元気でいて下さいまし」

恵真は悪戯っぽい笑みを浮かべながら続けた。

「あなたは、どうしてそう意地悪なのかしら。わたくしの育て方が悪かったのでしょうか」

安念は途端に箸が進まなくなった。

「意地悪ではありませんよ。お母様のお身体を心配しているだけ。んもう、すぐに気になさるのだから」

恵真はくさくさした表情で粥を啜り込んだ。

食事を終え、流しに使った食器を片づけていた時、佐吉が血相を変えてやって来た。

「御前様、恵真様。てェへんです。おなごの餓鬼が鐘つき堂に置き去りにされておりやす」

佐吉は黄色い目やにが浮き出た眼をしばたたいて、早口に言った。野良着(のらぎ)に鼠色の股引(ももひ)き、藁草履(わらぞうり)の恰好は村の百姓達と変わりないが、白髪交じりの頭だけは、いつもきれいに撫(な)でつけられている。佐吉の女房が、そそけた頭では尼僧達がいやがるだろうと、気を遣っているからだ。

「置き去りにされたというのは、捨て子という意味ですか」

安念は確かめるように訊(き)いた。

「へ、へい。父親らしいのが慌てて石段を下りて行くのを見やしたから。追い掛けやしたが、何しろ逃げ足の早ェ野郎で、すぐに姿が見えなくなりやした」

安念は恵真と顔を見合わせた。

「村の人間ではないようですね」

安念は低い声で言う。

「さいです。見覚えのねェ顔でした」

佐吉が応えると、安念は腰を上げた。尼寺に子供を捨てれば大事に育ててくれるものと父親は考えたらしい。手前勝手な理屈だ。

だが安念は鐘つき堂に向かいながら、三十二年前のことを思い出していた。

二

あれは安念が万福寺に来て、ようやく一年が経った頃だった。

檀家の風当たりはまだ強かったが、それでも村の女房達の中には安念に親しい口を利いてくれる者も、ぽつぽつと現れていた。安念は午前中に寺の掃除と勤行を済ませると、月命日に当たる檀家に行き、仏壇の前でお勤めをし、午後からは大横川を渡り、西の本所で托鉢するという毎日を過ごしていた。

江戸の寺へ行けと命じられ、最初は江戸の町中にある寺かと安念はひそかに期待していたのだが、実際は府内から遠く離れた押上村だった。周りを田圃や畑で囲まれた景色は故郷の信濃国のものと、さして変わりはなかった。

安念は代官屋敷に奉公する手代の娘として生まれた。十七の時に親戚の勧めで一度嫁いでいる。しかし、姑との折り合いが悪く離縁されてしまった。実家に戻った安念に、父親は、さっそく再婚の口を探し始めた。安念は、もう結婚はこりごりだった。縁談に耳を貸そうとしない安念に父親は激怒して、家から出てゆけと罵った。安念は途方に暮れ、近所の尼寺に縋った。信濃国は尼寺の多い土地柄でもあった。尼寺の住職は、おなごは人の妻になって暮らすのが倖せだと、懇々(こんこん)と説得したが、安念は、どうしてもそれだけはいやだと意地を通した。根負けした住職は、それでは尼僧になる覚悟はあるのかと訊いた。

安念は心のどこかで、それを望んでいたのかも知れない。安念は、しばらく、その尼寺で住職を手伝い、それから京に上り、正式な尼僧となるべく辛い修行をした。

実家とはそれ以来、行き来をしていなかった。父親はともかく、娘を尼僧にしてしまった母親の嘆きは、尋常ではなかった。母親のことを考える度、安念は親不孝な自分を呪っていたものだ。

晴れて万福寺を任された安念だったが、押上村の夜は寂しく怖かった。この先、どうなるのだろうかと暗澹(あんたん)たる思いだった。

だが、今さら故郷には戻れなかった。父親は安念が京にいる間に亡くなり、母親も江戸に行く一年前に亡くなっていた。実家は、嫂(あによめ)がとり仕切っていて、もはや安念の居場所もないのだ。万福寺で床(とこ)に就(つ)くと、安念はいつも寂しさで涙がこぼれた。

頭を丸め、墨染めの衣に身を包む安念は、他人からは、三十歳以上にも見えていたらしい。わざと大人ぶっていたせいもある。本当の年を明かせば、よからぬことを考える輩が現れないとも限らなかったからだ。

境内の桜がほろほろと花びらを落としていた春のある日、安念は托鉢を終えて万福寺に戻った。

さて、これから手足を洗い、夕餉の仕度をしようかと考え、厨に向かった時、赤ん坊の泣き声を聞いた。その泣き声は弱々しく、最初は空耳かとも思った。しかし、鐘つき堂の傍に近づくにつれ、泣き声は高くなった。恐る恐る鐘つき堂のきざはし（階段）を上がると、果たして、襤褸に包まれて泣いている赤ん坊がいた。

産み落とされて間もなくという感じがした。

（ああ、どうしよう）

安念は赤ん坊を抱き上げて途方に暮れた。

しかし、そのままにもして置けない。安念は決心して、一軒の家を訪れた。安念に親しく声を掛けてくれる女房の家だった。

女房のおつがは三十五、六の女で、当時でも四人の子供がいた。安念が事情を説明すると「吾助の娘のおたみが産んだんだ。やけに腹がでかいと思っていたんだよ。あんた、ちょいと吾助の家に行って、どうするんだと訊いておくれよ」と、おつがは亭主の又蔵に言った。又蔵は一瞬、煩わしいような表情をしたが、渋々、外に出て行った。

「いやだよ。まだ、へその緒がついている」

おつがは顔をしかめた。

「おたみさんという人はご亭主がいるのですか」

安念は上がり框に遠慮がちに腰を下ろして訊いた。

「いるもんかね。いたら、こんなざまにはならないよ。尻軽女で、これまでもあっちの男、こっちの男と渡り歩いて、村の噂になっていたんだ。とうとう、こんなことをしでかしちまってさ」

おつがはため息をついて言った。

「とり敢えず、湯に入れてやろう。尼さん、手伝っておくれ」

おつがはそう続けると、興味深そうに覗き込む子供達を追い払って、土間に盥を出した。

それから竈で湯を沸かす間、物入れを掻き回して産着やら、むつきやらを取り出した。

「まあ、これで当分は間に合うだろう」

「おつがさん、お世話になります」

「尼さんが謝ることはないよ。湯に入れて、きれいにしておたみに返したら、あの尻軽女も育てる気になるだろう」

　盥に湯が張られ、おつがが手慣れた様子で赤ん坊に湯を使わせると、赤ん坊も気持ちがよくなったのか泣き声を立てなくなった。

　赤ん坊は女の子だった。

「お湯が好きなのかえ。いい子だこと」

　おつがは眼を細めて赤ん坊に話し掛けた。

　湯から上げ、むつきをあてがって産着を着せると、赤ん坊は盛んに唇をぺろぺろと舐める。

「おや、腹が空いたのかえ。困ったねえ。そうだ、裏のおふでさんから乳を貰おう。悪いが尼さん、盥の湯がもったいないから、下の餓鬼を洗っておくれでないか」

　おつがは当然のように安念に命じた。仕方なく言われた通りにしたが、一番下の子だけでなく、その上の子も入ると言って聞かない。

安念は大汗をかきながら、二人の子供の身体を洗った。湯から上がった二人の子供が裸のまま家の中を走り回っていた時、又蔵が暗い顔をして戻って来た。

「おたみさんはおりましたでしょうか」

安念は早口に訊いた。

「いいや。おたみはどこかへとんずらしたようだ。餓鬼を産んだばかりの身体で、どこへ行ったもんか」

「おたみさんの父親は赤子を引き取って下さるでしょうか」

「吾助は中風（ちゅうぶう）を患って、二年前から寝たり起きたりの暮らしをしている。とても赤ん坊の世話なんざできねェよ」

「……」

「あれ、うちの奴はどこへ行った」

「おふでさんに乳を貰いに行きました」

「そうけェ……こら、いつまで裸でいる。腹掛けしねェと、雷さんにへそを取られるぞ」

又蔵は子供達を叱った。そうこうする内におつがが戻って来た。又蔵は安念にした話をおつがに繰り返した。

「困ったねえ。庄屋さんに相談してみようか。と言っても埒が明かないか。乳をほしがるから尼さんに預けて置く訳にも行かないし」

「どうしたらよろしいのでしょうか」

安念は乳を飲んで、とろとろとまどろみ出した赤ん坊を見ながら訊いた。

「どこか貰ってくれる所があればいいが、そうじゃない時は、尼さん、あんたが引き取っておくれよ」

「わ、わたくしがですか？」

安念は驚いておつがの顔を見た。

「だってさあ、おたみはお寺に捨てたんだろ？　お寺なら育ててくれると思ったんだよ。尼さんが育てられないなら、どこか面倒を見てくれる人を探しておくれよ。ま、当分はあたしが預かるからさ」

おつがはそう応えた。安念は渋々、肯いた。

だが、赤ん坊の面倒を見てくれる親は、おいそれとは見つからなかった。

安念は托鉢を終え、寺に戻る前におつがの家に寄り、赤ん坊の顔を見るのが日課になった。赤ん坊の成長は早い。みるみる髪は黒くなり、目鼻立ちが整ってきた。人の見分けもつくようになり、安念が顔を出すと、抱いてくれと言うように手を伸ばす。

おつがはそれを見て「尼さん、そろそろ覚悟をしておくれでないか。この子は尼さんを慕っているようだよ」と言った。安念も赤ん坊に情を感じ始めていた。とうとう、乳がいらなくなった翌年に、安念は赤ん坊を万福寺に連れ帰った。赤ん坊には恵真と名前をつけた。万福寺の跡継ぎにするつもりだった。

あれから三十二年。その恵真も妙円と浄空の母親になった。妙円と浄空も親が亡くなって、万福寺に引き取られた娘である。血は繋がっていなくとも、四人は本当の家族のように暮らしていた。

鐘つき堂にいたのは赤ん坊ではなかったが、その身体は信じられないほど小さく見えた。

「お嬢ちゃん、あなたはどこから来たの？」

恵真の問い掛けに幼女は応えない。二つだろうか、三つだろうか。安念は幼女の年齢に見当をつける。えんじ色の縞の着物に褪めたみかん色の帯を締め、背中に着替えでも入っているのか風呂敷包みが斜めに括られていた。

「耳が聞こえないのでしょうか。何も言いませんね」

恵真は安念を振り向いて言った。

「そんなことはないでしょう。知らない人ばかりだから怖がっているのですよ。お父っつぁんと一緒に来たのね？」

安念が訊いても、やはり幼女は応えなかった。

「佐吉、ご苦労だが、これから横川町の親分の所に行って、事情を伝えて下さいな。親御さんが見つかるまで、寺で預かりますと言い添えてね」

安念は佐吉に言った。

「へ、へい」

佐吉はすぐに境内を出て行った。中ノ郷横川町には清作という岡っ引きがいる。清作に頼んで幼女の親を捜して貰うつもりだった。

清作は四十五、六の男で、何かと万福寺に気を遣ってくれ、頼りになる男である。恵真の時には清作のような人間は周りにいなかった。おたみは結局、行方が知れず、吾助は間もなく亡くなっていた。

「さあさ、お父っつぁんが見つかるまで、お寺で待っていましょうね」

安念は幼女の手を引いて促した。幼女は警戒するような眼をしたが、おとなしく言う通りにした。

恵真は幼女の汚れた足を洗ってやり、厨の座敷に上げた。

安念は本堂に供えていた落雁（らくがん）を持って来て、幼女の前に置いた。

「ぬるいお茶を飲ませてやりましょう。喉が渇いているはずですよ」

安念が急須を引き寄せると「お母様。わたくしが致します」と恵真は言った。

「そうですか。それではお願いしますよ。さあ、お嬢ちゃん、落雁を召し上がれ」

安念は柔和な笑みを浮かべて言った。幼女は、すぐさま落雁に手を伸ばす。

「ちょっと待って。人様からものをいただいた時は何んて言うの？」

安念は幼女の顔を覗き込んだ。幼女は安念をじっと見る。安念の言葉が理解できない様子だった。

「ありがとうと言うのですよ。さあ、言ってごらんなさい」

しかし、幼女は相変わらず黙ったままだった。

「この子の親御さんは、あまり言葉を掛けなかったのかも知れませんね。お母様、今日は大目に見てやって下さいな。お嬢ちゃん、おぶう（お茶）ですよ。熱くないですよ。ゆっくりお飲みなさい」

恵真が湯呑に手を添えて幼女に飲ませようとした瞬間、幼女はすばやく落雁を手許に引き寄せた。その仕種を見ただけでも幼女のこれまでの暮らしぶりが察せられるというものだった。

安念はそっとため息をついたが、恵真は「ささ、おぶうをお飲みなさいまし」と、静かな声で続けていた。

三

翌日の午前中、昼四つ（午前十時頃）過ぎに岡っ引きの清作は万福寺にやって来た。前日に佐吉を中ノ郷横川町の自身番に行かせると、清作は取り込みがあった様子で、すぐには行けないという返事だった。仕方なく、安念は幼女を寺に泊めた。托鉢から戻って来た妙円と浄空は幼女を見ると眼を輝かせた。特に妙円はひと目見た時から幼女が気に入り、一緒の蒲団で寝るほどだった。親を恋しがって泣くのではないかと心配したが、どうやら、その様子もなかった。

「あっしもつくづく年を感じやすぜ。寺の石段を上りながら、目まいがしやした」

清作は冗談交じりに言う。安念は「親分がお年だとおっしゃるなら、わたくしはどうするのですか」と笑って応えた。清作は、背丈は低いが、がっちりとした身体つきをしている。縞の着物を尻端折りし、紺の股引きに雪駄履きという恰好である。博多帯の後ろには房なしの十手と莨入れが括られていた。

安念は本堂に清作を招じ入れ、茶を振る舞った。本堂の扉は開け放していたので、そこから境内の掃除をする妙円と、傍にまとわりつく幼女の姿が見えた。

「もうすっかり寺に慣れた様子ですね」

「ええ。泣かない子なので助かりますよ」

「名前ェは明かしやしたかい」

清作は渋茶を啜ると安念に訊いた。

「言葉が遅い子らしくて、はっきりしたことはわからないのですよ。妙円が、この人はだあれと、あの子の鼻の頭をちょんと触った時、おとと応えましたけど」

「おとねえ……言葉が遅いというなら、その名前ェも本当かどうかわからねェな。そのう、逃げて行ったてて親らしいのは、この村の人間じゃねェんですね」

「ええ。佐吉も見覚えのない顔だと言っておりましたから」

「小梅村と柳島村にも聞いて廻らなきゃならねェな」

清作は煩わしそうな顔をした。

「こんなことが続くと、正直、困るのですよ。うちは食べるだけがやっとで、お寺の維持も大変なのですから」

「さいですね。寺が育ててくれるという噂でも立ったら御前様はやっていられやせんよね」

「噂はもう立っているのでしょうよ。そうでなかったら、わざわざ父親が、あの子を連れてここへ来るものですか」

安念は思わず声を荒らげた。

「久しぶりにここへ来てみると、本堂の屋根瓦がひどいことになっているんで驚きましたよ。檀家は面倒を見てくれねェんですかい」

清作は慌てて話題を変えた。

「皆さん、そんな余裕なんてありませんよ」

「そうけェ……ちょいと瓦屋の大将に声を掛けて、古瓦が残っていたら、こっちに回してくれるよう頼んでみますか」

「本当ですか、親分」

途端に安念の表情が輝いた。

「ああ。その代わりと言っちゃ何んだが、当分、あの餓鬼をここで預かって下せェ」

「……」

「ちゃんと親は捜しますって。そいで、もしも親が見つからねェ時は、貰ってくれそうな家も当たりやすから」

「わかりました」

安念は渋々、応えた。

「やあ、紫陽花が蕾をつけているなあ。うちの紫陽花も、いい形になって来たわな」

清作は境内の紫陽花に眼を細めた。清作の家の紫陽花は恵真が株分けして与えたものだった。

「それはようございましたね。紫陽花は難しい花なので、なかなか育たないということですから」

「花でも人でも、心ですよ。丈夫に育ってくれと念じていれば、その通りになりますァ」

清作は、ぽんと胸を叩いて言う。

「本当にそうですね」

「そいじゃ、御前様。あの餓鬼のことは頼みやしたぜ」

清作はそう言って腰を上げた。

「ご苦労様でした」

清作は石段の下りも難儀なようで、「ほいっ、ほい」と調子をつけながら戻って行った。

幼女が甲高い泣き声を上げた。どうしたのだろうと眼を向けると、妙円の袖に縋って、いやいやをしている。

「おとちゃん。これからわたくしはお仕事があるの。一緒に遊べないのよ。あなたは安念様と恵真様とおとなしくお留守番しててね。夕方、佐吉がお寺の鐘をゴーンと鳴らす頃には帰って来ますから」

妙円は必死で宥める。それでも幼女は言うことを聞かなかった。安念は境内に下りて、幼女の傍に近づいた。

「おとちゃん、お利口にして待っていましょうね。そうそう、また落雁をあげましょうか」

そう言うと、幼女の泣き声は唐突に止まった。

「まあ、この子は」

妙円は苦笑した。安念は早く用意して出かけなさいと目顔で合図した。

「は、はい。それではよろしくお願い致します」

妙円は、もはや幼女の母親になったような顔で応えた。

「おかしい子ね。父親の後は追わなかったくせに妙円の後を追うなんて」

恵真は昼飯を食べながら怪訝そうに言う。

「妙円に優しくされて甘えているのですよ」

安念は粥の入った匙を幼女の口許に運びながら応えた。

「あなた、本当におとちゃん？」

恵真は確かめるように訊いた。こくりと肯いた幼女に「まあ、耳は聞こえているようですから、ひとまず安心しました。わたくし達もおとちゃんと呼びましょう」と、恵真は笑って言う。

「はい、おとちゃん。たくさん召し上がれ。おこうこはいかが？」

安念も猫撫で声でおとに言った。

「小さい子が傍にいるのはいいものですね」

恵真はしみじみ言う。「この子を見た時、妙円が初めてここへ来た時のことを思い出してしまいましたよ」

「わたくしは、あなたのことを思い出していたのですよ」

「まあ、そうですか。わたくしの時は、まだ、へその緒がついた赤ん坊だったので、お母様はさぞかし大変でしたでしょうね」

「ええ。とても大変でした。おふでさんに乳を分けて貰い、日中はおつがさんが面倒を見て下さいましたよ。あの二人には大層、お世話になりました。お二人とも草葉の陰で大人になったあなたを見守ってくれているはずですよ」

おつがは十年前に亡くなり、その二年後におふでが亡くなっている。二人は道で恵真の姿を見掛けると、いとおしい眼で見つめていたものだ。

「わたくしは両親がいなくても倖せでした。だから、妙円と浄空を大事に育てたのですよ」

「ええ、ええ。ようくわかっておりますとも」

安念は大きく相槌を打った。

妙円は深川の佐賀町にあった米屋の娘だった。その米屋が押し込みに遭(あ)い、両親と他のきょうだいは殺され、当時三歳だった妙円だけが生き残った。女中が機転を利かせて妙円を納戸に匿(かくま)ったからだ。妙円の母親の実家が万福寺の檀家だった縁で、恵真は迷わず引き取ることを決心した。母親の実家が妙円を育てる余裕がなかったせいもある。

浄空は武家の娘だが、父親は浪人だった。母親はとうに亡くなり、浄空は父親と二人で細々と暮らしていた。だが、内職の無理が祟った父親は労咳に倒れ、とうとう亡くなってしまった。身を寄せる親戚もなかった浄空は愛犬と一緒に物乞いをして、その日その日を暮らしていた。

恵真は托鉢の途中で浄空に気づくと、そのままにして置くこともできず万福寺に連れ帰ったのだ。浄空の愛犬はそれから間もなく死んだ。まるで浄空の居場所を見届け、安心したかのような最期だった。

「おとちゃんも倖せになってね」

恵真はあやすように言った。おとは、そう言った恵真を不思議そうに見つめた。

おとは、日に日に元気になり、身体に肉もついて来た。しかし、相変わらず言葉の遅いのが万福寺の尼僧達の悩みの種だった。

紫陽花が見事な花を咲かせた頃、村の人々だけでなく、大横川を渡って西の本所からも見物に訪れる者が続いた。

清作が再び万福寺を訪れたのは、紫陽花の花時もそろそろ終わりに近づく雨の日だった。

妙円と浄空は托鉢を休みにし、自分達の部屋を掃除しながら、おとの相手をしていた。

賑やかな笑い声が厨の座敷まで響いていた。

「あの餓鬼のてて親はわかりやした」

清作はそう言ったが、暗い声だった。

「まあ。それで、おとちゃんのお父っつぁんは、今、どこに？」

安念は、つっと膝を進めた。恵真も茶の用意をしながら清作の口許を見つめている。

「てて親は回向院前の広場にある芝居小屋に働いている男だったんでさァ」

大川に近い南本所の回向院前は東両国広小路と呼ばれ、芝居小屋、水茶屋が軒を並べる繁華街だった。

「女房が貧乏に愛想を尽かして、あの餓鬼を置いて出て行ったんですよ。てて親は餓鬼の世話が手に余り、とうとう万福寺に連れて来たという訳ですよ」

「どうして万福寺に当たりをつけたのでしょうか」

安念は怪訝な眼で訊いた。

「若い尼さん達が托鉢をしているじゃねェですか。回向院前にも出向いていたようです。あの餓鬼のてて親は小銭を恵んで、万福寺の居所を訊いたんでしょう。そこら辺に置き去りにしたんじゃ、悪い奴に捕まって岡場所にでも売られちまうと心配したんですよ。まあ、そんなところは、てて親の分別が働いたらしい。ひどい目に遭っている娘っこのことは、奴もいやというほど見て来ましたからね」

「で、この先、どうするつもりなのですか。おとちゃんのお父っつぁんは育てる覚悟を決めたのでしょうか」

恵真は、それが肝腎とばかりに訊く。

「いいや。奴はもう、江戸にはいねェんです」

「いない？」

恵真は怪訝な表情で清作を見た。

「ちょいと、このう、こそ泥を働きやしてね、寄せ場送りになったんですよ」

安念と恵真はそっと顔を見合わせた。いよいよ、おとを引き取る覚悟をしなければならないのかと二人は思っていた。

「まあ、出て行った女房の行方を捜したところで、あの餓鬼は育てられねェでしょう。ですが、奴には年の離れた姉がおりやしてね、その姉が小伝馬町（こでんまちょう）の紙問あ屋に嫁いでいるんですよ。世間体が悪いんで弟のことは隠しておりやしたが、の餓鬼のことを話すと、亭主と引き取る相談をすると言ってくれやした」

「それが本当になれば、おとちゃん、この先は紙問屋のお嬢さんとして倖せに暮らせますね」

安念は、ほっと安心した。

「御前様。まだ決まった話じゃありやせんので、もう少し待って下せェ」

清作は慌てて安念を制した。

四

「そうですか。おとちゃん、伯母さんの家に引き取られるのですか」

妙円はおとを膝に乗せて寂しそうに言った。

就寝前のひととき、尼僧達は夜の読経を済ませると、厨の座敷に集まり、その日のでき事をあれこれ話し合うのが習慣だった。

「妙円は、すっかりおとちゃんの母親になったつもりでいたのでしょう？」

恵真は気の毒そうに訊く。

「ええ。お祖母様とお母様がわたくし達を育てて下さったように、わたくしも万福寺にご縁のある子を育てようと考えておりましたので」

妙円は、おとの小さな手を握りながら応えた。妙円の黒目がちの瞳は心なしか潤んで見える。おとをあやす仕種は、もうすっかり母親のものでもあった。安念は妙円が不憫でならなかったが「あなたには僧階をいただく修行があります。子供を育てるのは、それからですよ」と、厳しい声で言った。

剃髪しただけでは、檀家の葬儀や法要をすることはできない。師僧の下で修行を積み、僧階を授与されて、初めて僧として認められるのだ。恵真も若い頃は京の寺へやって修行させたものである。尼寺の修行道場が江戸にはなかったからだ。早十八歳の妙円と十七歳の浄空は僧階を得てもおかしくない年齢になっている。早く二人を京へ旅立たせたかったが、何しろ先立つものがないので、そのままの状態が続いている。

「おとちゃんは尼僧になるより商家のお嬢さんとして暮らす方が倖せなのですよ。妙円も浄空も親御さんが亡くなったので、仕方なく万福寺で暮らすようになったのですから」

恵真は宥めるように妙円に言った。

「わたくしはここの暮らしがいやだと思ったことはありません。おとちゃんだって、きっとそう思うはずです」

妙円は、その時だけ、きッと顔を上げた。

おとがその拍子に泣き出した。

「ああ、ごめんなさい。おとちゃんを叱った訳ではないのよ。おとちゃん、伯母さんの家の子になる？　それともお寺の子になる？」

妙円はおとの顔を覗(のぞ)き込む。

「おてら」

おとはぶっきらぼうに応えた。

「そう。お寺がいいの。いい子だこと」

妙円はそう言って、おとを抱き締めた。安念と恵真はやるせないため息をついた。

「おとちゃんが伯母さんの家に行ったら、妙円さんは寂しくて泣いてばかりでしょうね。妙円さん、托鉢に励みましょう。それで京へ行く路銀(ろぎん)を稼ぐのです」

浄空は妙円を励ますように言った。浄空は武家の娘らしく、めそめそしたところは見せない。妙円は奉公人も多い米屋の娘だったので、鷹揚な面がある。それが修行の足を引っ張るのではないかと、安念は心配だった。

「さあ、もはや寝る時間ですよ。おとちゃん、妙円とお蒲団に入りなさいまし」

恵真はその場を収めるように言った。おとは妙円の膝から下りると、安念と恵真に手を突いて頭を下げた。

「あすみなしゃい」

お休みなさいと言ってるつもりなのだ。

「おや、いい子だこと」

安念はおとを持ち上げる。おとは小粒の歯を見せて、にっこりと笑った。

おとの伯母夫婦が清作につき添われて万福寺にやって来たのは三日後のことだった。妙円と浄空は托鉢に出て、恵真も檀家廻りをしていたので、万福寺にいたのは安念と佐吉だけだった。

この頃は、おとも妙円の後を追わなくなり、安念と一緒におとなしく留守番をするようになった。

紙問屋「吉見屋」のお内儀、おりつは、おとを見るなり「まあ仁助とそっくり」と、感歎の声を上げた。仁助とは、おとの実の親の名前だった。傍にいた亭主の吉見屋弘右衛門も、おとを見て相好を崩した。おりつは三十七、八。弘右衛門は四十半ばの年頃に思える。安念が茶を差し出しても、二人は喰い入るようにおとを見つめたままだった。どうやら、おとを気に入った様子である。

「弟は奉公先を転々として、あたしの所に来る時はお金の無心ばかりでした。それでうちの人が小言を言ったら、逆に腹を立てて殴り掛かったんですよ。あたし、それ以来、弟がやって来ても会いませんでした。ですから、所帯を持ったことも子供が生まれたことも、全く知らなかったんですよ。とうとう、あんな事件を起こして……おまけに、たった一人の子供までお寺に捨てるなんて、親の資格はないですよ」

おりつはそう言って手巾で眼を拭った。御納戸色の絽の着物に媚茶色の帯を締めたおりつは商家のお内儀らしい貫禄と品があった。

弘右衛門も如才ない人柄で、縹色の着物に薄物仕立ての紺色の羽織を重ね、涼しげな装いをしていた。

「まあ、子供を捨てるのはよくよくのことでしょうが、町中に置き去りにせず、ここまで連れて来たのは幸いでした。弟さんが改心して罪を償うことを祈るしかありませんよ」

安念は穏やかな声で言った。

「わたしどもには、倅（せがれ）はおりますが娘はおりません。それで、女房と話し合い、おことをわたしどもの娘として育てようと決心致しました」

弘右衛門は温顔をほころばせて応えた。おとはおことという名前だったのだ。

「吉見屋さん、恩に着ます。おとちゃんは、お二人のお傍で暮らすのが倖せですよ。どうぞ大事に育てて下さいまし。わたくしからもお願い申し上げます」

安念は深々と頭を下げた。おとは何事かを感じたようで、安念の首にしがみついた。

「どうしたの？　今日のおとちゃんはおかしいですよ」

「おてらにいる。みょうみょうと一緒にいる」

おとは必死の表情で訴える。おとは妙円と言えずにみょうみょうと言っていた。

「あのね、ここにいらっしゃるのは、あなたのお父っつぁんとおっ母さんですよ。きっと可愛がって下さいますよ。お寺にいるよりもたくさんお菓子が食べられるのよ」

そう言うと、おとは気を引かれた様子でおりつと弘右衛門を交互に見た。

「おお、おこと。菓子をたくさん買ってやろう。縁日（えんにち）にも連れてってやるぞ」

弘右衛門もあやすように言った。

「弟の娘ですから、どれほど駄々っ子だろうと思っておりましたが……安心しました」

おりつは泣き笑いの顔で応える。それから安念の顔を上目遣いに見ながら「おことをこのまま連れて帰ってもよろしいでしょうか」と訊いた。

「ええ、それはもう。おたく様のご都合がよろしければ」

「小伝馬町からここまでは舟を頼んでも一日掛かりの道中になります。勝手を申しますが、わたしども商売が忙しいもので」

弘右衛門は言い訳がましく口を挟んだ。

「御前様、これで決まったな。よかった、よかった」

清作も安心したように笑った。

「それで、これは些少ですが」

弘右衛門はおずおずと袱紗の包みを差し出す。

「これは？」

「おことを預かっていただいたお礼です。どうぞお納め下さい」

弘右衛門は淡々とした口調で言った。安念の胸はほろ苦く痛んだ。おとを金で売ったような気持ちがしたのだ。

「本来は、そのようなお志をいただく筋合ではありませんが、ごらんのような荒れ寺でございます。修理の費用がままなりません。お恥ずかしい限りではございますが……お志はありがたく頂戴致します」

安念は思わず涙をこぼした。弘右衛門は畏れ入って「いやいや、御前様。ほんの気持ちでございますので」と慌てて言った。

おとは、おりつと弘右衛門に両方から手を引かれ、石段を下って行った。おとは、ずっと首をこちらに向け、手を振る安念を見つめていた。別れの言葉を知らないおとは、ただ泣きながら安念を見つめるしかなかったのだ。

「御前様、そいじゃ、あっしもこれでご無礼致しやす」

清作は三人の後を追いながら、早口で言った。

「親分、お世話になりました」

「近い内に瓦屋の若い者がやって来ます。屋根を直して貰って下せェ」

「まあ、手間賃はいかほど用意したらよろしいのでしょうか」

安念は慌てて訊いた。

「ご心配なく。瓦屋の大将は、あっしが事情を話したら、おれに任せろと、太っ腹に応えてくれやしたんでさァ」

「親分、重ね重ねありがとう存じます」

安念は人の情が身に滲みた。

清作の姿が見えなくなっても、安念は境内にしばらくの間、佇んでいた。おとの声が聞こえない境内は、何か忘れ物をしたように落ち着かなかった。

五

托鉢から戻って来た妙円と浄空は安念から事情を聞くと、言葉に窮して押し黙った。

特に妙円の意気消沈ぶりは見ていられなかった。夕餉を済ませると、そそくさと自分の部屋に入ってしまった。

「急なことでしたから、妙円も相当にこたえたのでしょう」

恵真は妙円の気持ちを慮り、低い声で言う。

内心では妙円が寺に戻るまでおとを引き留められなかった安念を恨んでいるらしい。

「殿方を恋い慕うことができない分、妙円はおとちゃんに情けを掛けていたのでしょう」

安念がそう言うと、恵真は驚いたような、呆れたような眼になった。

「お母様。それは、尼僧の言葉とは思えませんよ」

恵真はやんわりと安念を窘めた。

「何をお言いだ。たとい尼僧といえども、おなごの胸の内は同じですよ」

「………」

「愁嘆場を見るのは辛いですよ。恵真、これでよかったのです」

安念は思案顔をした恵真に続けた。

「それにしても吉見屋さんは、さすが大店ですね。ぽんと二十両もの大金を出して下さるなんて」

恵真は話題を変えるように言った。

「ええ。これで妙円と浄空を京に上らせることができます。わたくしは、さっそく京の寺に手紙を送ります。盂蘭盆の後で二人を旅立たせましょう」

「道中、大丈夫でしょうか」

恵真は不安そうに訊く。

「あなただって、京に上ったではありませんか」

安念は何を今さらという顔で応えた。

「わたくしの時は、お伊勢参りにいらっしゃる方達とご一緒だったので、心配することなどありませんでしたが」

「ええ。二人もお伊勢参りする皆さんと一緒に行かせるつもりですよ。清作親分に頼んで、伊勢の御師に繋ぎをつけていただきます」

伊勢の御師とは、伊勢参りの便宜を図る旅の案内人のことだった。彼等は江戸の町々で伊勢講を募って路銀を蓄えさせていた。

「ああ、それなら安心ですね」

恵真は夜が明けたような表情になった。

「でも、吉見屋さんからお金をいただいたことは、妙円と浄空には内緒ですよ。若い二人のこと、へそを曲げてしまうかも知れませんからね」

「承知致しました。本堂の屋根の修理もできることですし、お母様、今年はよい年になりましたね」

「本当に。皆々、仏様のご加護ですよ」

安念はそう言って、ふくよかな顔をほころばせた。

翌日から瓦屋職人が万福寺に入り、本堂に足場が組まれた。安念と恵真は茶や供え物の菓子を出して職人達をねぎらった。忙しく動き回っていれば、おとのいなくなった寂しさは、つかの間、忘れられた。

盂蘭盆は残暑が厳しかった。それでも押上村の人々は迎え火を焚き、精霊棚を設えて先祖の霊を慰める。日中、墓参りに訪れる人々は、誰しも玉のような汗をかいていた。墓所で読経する尼僧達も笠は手離せなかった。押上村では盆踊りも開かれるので、笛や太鼓の音が万福寺にまで響いていた。

寺の本堂は、この時期、夜になっても灯りが点いている。夜でなければ墓参りができない村人もいたからだ。訪れる村人達は屋根の修理ができたことを、皆、喜んでくれた。

灯りの点いた本堂は、日中とは違う趣のある風情を醸し出している。

村人は静かに万福寺にやって来て、本堂の前で掌を合わせ、また静かに帰って行く。

だから、甲高い子供の声が聞こえた時、万福寺の尼僧達は、一瞬、ぎょっとした。

「みょうみょう、みょうみょう」

子供の声は、そう叫んでいた。

「おとちゃん」

妙円はすぐに気づき、本堂の出入り口へ小走りに向かった。

おとは吉見屋の両親とともにやって来たのだった。妙円はろくに挨拶もせず、おとを抱き締めた。

「まあ、吉見屋さん、お久しぶりでございます」

安念は如才なく夫婦を本堂へ招じ入れながら頭を下げた。

「業平橋の近くにある橋本という料理屋に来ておりました。そこのお内儀がおことに蛍を見せたらどうかと誘って下さいましてね。ところが、おことの奴、蛍なんぞに眼もくれず、万福寺に行きたいと騒ぎ出しまして。まあ、祭り見物のつもりで足を延ばした次第にございます」

吉見屋弘右衛門は噴き出すような汗を拭いながら言った。

「でも、おとちゃんは祭り見物もしなかったのでしょう？」

「さようでございます。万福寺まっしぐらでした」

おりつはおとを眺めながら言う。おとはきれいに髪を結い上げ、花簪を挿している。金魚の柄の浴衣に赤い三尺帯という恰好は、大層可愛らしかった。妙円は、おとを本尊の前に促し、お参りさせている。おとは小さな掌を合わせた。般若心経を唱えるのは、おとには難し過ぎる。しかし、最後の「ぎゃあてい、ぎゃあてい」のところだけは懸命に声を張り上げた。

「毎朝、あの子はお仏壇に掌を合わせるのですよ。姑は、もうそれだけで、おことが可愛くて仕方がなくなりました」

おりつは苦笑交じりに続ける。

「おとちゃん、倖せそう」

安念が呟くと、傍にいた恵真も大きく肯いた。

「仁助は三年ほどお勤めをしなければなりませんが、戻って来たら、店の下男にでも雇おうかと考えております」

弘右衛門は安念の気を引くように口を挟んだ。

「まあ、それはそれは」

安念は思わず笑顔になった。

「戻りましたら、ここに挨拶に伺わせますよ」

「いいえ、そのようなお気遣いは無用でございます。この先、仁助さんが、おとちゃんの成長を見つめながら、真面目に働いて下さるだけで充分でございます」

「それで、女房とも話し合ったのですが、女房の実家の墓をこちらへ移そうかと考えました。仁助は今まで、ろくに墓参りもしておりませんでした。こちらでお世話していただければ、盆や彼岸の時には、おことを連れてお参りできるというものです」

「そうなれば妙円も喜びますし、わたくしどもも嬉しゅうございます」

安念は思わず声が昂ぶった。

「さようですか。では、さっそく手配致します。何卒、よろしくお願い致します」

弘右衛門とおりつは、ほっとしたように頭を下げた。

「さて、そろそろ帰るとしますか。あまり遅いと橋本のお内儀が心配する」

「今夜は、そちらにお泊まりですか」

「さようでございます。つかの間の骨休みですよ。これ、おこと。帰るよう」

弘右衛門はおとに向かって声を張り上げた。

妙円はその声を聞くと、慌てて供え物の落雁を取り上げ、おとに持たせた。盂蘭盆が終わるまで供え物はそのままにして置く仕来たりだが、安念は細かいことは言わなかった。

　おとは白い落雁を両手に持って傍にやって来た。

「もらった」

　小鼻を膨らませて言う。

「お礼を言ったの？」

　おりつは詰るように訊いた。おとは妙円を見つめる。妙円は「ええ、おとちゃんはちゃんとお礼を言いましたよ」と、助け舟を出した。行儀ができていないのが気になるが、おりつがその内に仕込んでくれるはずだと安念は思い、その時は、おとに礼の言葉は急かさなかった。

「おとちゃん、またおいでなさいね」

　妙円は名残り惜しそうに言葉を掛けた。おとは笑って「うん」と応える。

　万福寺の尼僧達は石段の傍まで三人を見送った。おりつが提灯を照らす。弘右衛門はおとを抱き上げて石段を下る。

「おとちゃん、さようなら。いい子でね」

　妙円は早くも涙声になっていた。

「みょうみょう、あんがと」

　おとは、はっきりとした声で応えた。ありがとうと言っているのだ。妙円は、はっとした表情になった。初めておとから聞いた礼の言葉だった。尼僧達の胸に感動のようなものが拡がった。

「みんなも、あんがと」

　おとは、すぐに言い添えた。妙円だけに礼を言うのは悪いと思ったのだろうか。妙円は両手で顔を覆った。他の尼僧達は大きく手を振った。三人の姿が闇に紛れると、盆踊りの太鼓の音が、ひときわ高く聞こえた。

「あんがとですって。おとちゃん、大人になりましたね」

　浄空は、しみじみと言う。

「落雁を貰って嬉しそうにしたところだけは変わりませんけどね」

　恵真は苦笑する。

「今に落雁より好みのものができますよ」

　安念は独り言のように言った。

「何んですか、お母様」

「それはそのう、若い殿方とか……」

「……」

「お母様、お祖母様、まだ檀家さんがいらっしゃいますよ。早く戻りましょう」

浄空に促され、四人は本堂に踵を返した。

「きれいなお星様。まるでおとちゃんの眼の光のよう」

妙円は洟を啜って、夜空を仰いだ。

「おとちゃんは、これからもお盆やお彼岸には万福寺にやって来ますよ。妙円、おとちゃんに恥ずかしくないように、あなたも立派な尼僧にならなければね」

恵真はちくりと釘を刺した。

「え？　それはどうしてですか」

「意地悪。お母様、教えて下さいまし」

「内緒、内緒」

恵真はからかうように言って、本堂に向かう。妙円はその後を追った。

「お祖母様、本当ですか」

浄空は怪訝そうに安念に確かめる。

「ええ、本当ですよ」

「吉見屋さんが檀家になるとか？」

浄空は鋭いところを衝く。安念は恵真の言葉を真似て「内緒、内緒」と応えた。

「お人の悪い」

浄空は不服そうに口を尖らせた。夜空の星は手を伸ばせば届きそうに思える。

安念は、極楽浄土が、そのきらめく星の彼方にあるのではないかという気がしてならなかった。おとの優しい言葉を聞いたせいかも知れない。

彼岸花（ひがんばな）

一

稲刈りを終えた小梅村の田圃は白茶けた土の色に変わっていた。そのせいで目の前の景色は普段より広々と感じられる。今年は野分にも遭わず、米はまずまずの収穫量である。

決められた年貢を納めても家族が食べる分は何んとか確保できそうだ。そう思うと、おえいの胸は安堵の気持ちで満たされた。

おえいの家には家族ばかりでなく、女衆、男衆などの奉公人がいるし、土地を貸して米や青物を作らせている小作人も抱えている。秋の実入りのよしあしは、それ等すべての人々に影響を及ぼすのだ。

一家総出の稲刈りも済み、おえいは久しぶりに静かな時間を持てるようになった。野良着から解放され、木綿物の袷の恰好になると、裾からすうすう風が入ってくるような心地がして、我ながら苦笑が込み上げた。

忙しい時期は家の中のこともなおざりになる。ふと気がつけば、囲炉裏の自在鉤は白い埃を被り、床の間の花は枯れ、花瓶の水はどぶのような腐臭を放っている。おえいは荒れた家の中を元に戻そうと、朝からくるくると動き回っていた。

秋の陽射しに溢れた午前中は、庭で放し飼いにしている鶏が時々、ココと鳴く声が聞こえるぐらいで、しんと静かだ。おえいの亭主の三保蔵は中ノ郷瓦町へ瓦焼きの手伝いに出かけている。

三保蔵はもともと瓦職人だった。男兄弟のいないおえいの家に婿養子に入ったのだ。普段は田圃や畑の世話をしているが、農閑期には昔の親方の所に出向き、仕事をさせて貰っている。三保蔵の稼ぐものは、おえいの家の貴重な現金収入となっていた。

おえいと三保蔵の間に二人の息子がいる。

長男の嘉助は十七歳、次男の清助は十五歳だ。嘉助は男衆達と一緒に畑に出ている。清助は昨年から浅草の札差の店に住み込みで奉公していた。

女衆達は畑に出て、夕餉のお菜にする青物を採っていたので、その時、家にいたのは、おえいと母親のおとくだけだった。おとくは刻んだ青菜を筵に拡げて干している。冬の間の汁の実にするためだ。近頃、おとくの背中が丸くなって見えるのが、おえいにとって、少し心細い。

自分の気に入らぬことは一切受けつけないおとくに、おえいは、内心でうんざりしていた。しかし、おとくにもしものことがあったら、面倒なことが、すべておえいの肩にのし掛かってくる。それを考えるだけで煩わしかった。女衆と男衆をうまくまとめることや、小作人達から小作料を取り立てる才覚は、まだおえいには備わっていなかった。小作人達は理由をつけて小作料を踏み倒す魂胆をする者ばかりだ。父親の春蔵が亡くなってからは、さらにそれがひどくなっている。おとくは、小作人達には一歩も引かない。強気の構えで立ち向かう。おえいには、とても真似ができなかった。加えて、嫁に行ったおえいの妹達が何んの彼んのと訪れては、おとくに金を無心する。おえいの家は、かつては代々庄屋をつとめていたが、時の流れで昔のような羽振りはない。奉公人を抱えているが、人が思うほど裕福ではないのだ。築百年を過ぎた茅葺きの大きな家だけが往時の羽振りを偲ばせているのだった。

「あれまあ、久しいねえ。どうしているのだろうかと案じていたんだよ」

おとくの弾んだ声が聞こえた。おえいが縁側からそっと外を覗くと、すぐ下の妹のおたかが、大八車を引いて入って来るところだった。

おたかが小梅村の実家を訪れる時は着物を裾短に着付け、手甲、脚半、草鞋履き、頭を手拭いであねさん被りにした恰好である。大八車には大きな籠が載せられている。中には草鞋の十足ほども入っているはずだ。それと引き換えに米や豆、青物の類を持っていくのだ。

おえいも、別にそれは構わないと思っているが、おたかが当たり前のような顔をしているのには腹が立つ。おえいは知らん振りをして花を活けるのを続けた。

「お腹は空いていないかえ」

猫撫で声で訊くおとくの声が聞こえる。

「もうぺこぺこ。朝に旦那様へ御膳を食べさせ、おりくを手習所へやると、もはや五つ（午前八時頃）さ。慌てて後片づけと洗濯をしてやって来たという訳。御膳をいただく暇もなかったよ」

おたかはくさくさした口調で言う。おりくは今年九歳になるおたかの娘のことだった。

「握りめしを拵えておいたよ。ひょっとして、お前が来るのじゃなかろうかと思っていたからさ」

おとくは心にもないことを、しゃらりと言う。朝めしの残りを握りめしにするのは、いつものことだった。だが、おたかは嬉しそうに「ありがと。ご馳走になるよ」と応えた。

　おとくの話を親身に聞くのは、おたかぐらいである。おえいは一緒に住んでいるせいもあるが、普段は必要なこと以外、滅多におとくとは話さない。おとくは妹達に、おえいが冷たい女だと言っているらしい。

　おたかは台所の座敷で握りめしを食べながら愚痴をこぼす。亭主の渋井為輔のことが大半である。

　おたかが為輔の所へ嫁いだのは十年前である。為輔は本所緑町の、さる旗本屋敷の家臣だった。父親は、その屋敷の用人を務めていたという。父親の働きが目覚ましかったことから、近所に敷地二百坪の家を与えられた。結構な庭つきの家だった。

　為輔は父親の跡を継いで旗本屋敷の家臣としてお務めに就き、妻を迎えた。しかし、その妻は為輔と一年ほど暮らした後で、家を出て行った。為輔の横暴な振る舞いに堪忍袋の緒が切れたのだ。

　おたかとの縁談が持ち上がったのは、その後のことだった。おたかは二十歳を過ぎるまで、これといった縁談に恵まれなかった。だから、おたかもその縁談にしがみついた。

父親の春蔵は人を見る目のある男だったが、ちょうどその頃、病を得て床に臥せっていた状態で、ろくに話もできなかった。仲人は、お父っさんの眼の黒い内におたかちゃんの祝言を挙げて安心させてやりなさいと、おとくへ祝言を急かした。おえいは後添えというのが気になったが、おたかがすっかり乗り気だったので、敢えて反対はしなかった。おとくも早くおたかを片づけて、ほっとしたかったのだろう。その縁談は、とんとん拍子に進められた。おたかの下の妹のおすずは、おたかより、ひと足先に嫁に行っていたから、おとくは少し焦っていたのかも知れない。

おえいがおたかの家に行ったのは、十年前の祝言の時だけである。大広間で花嫁衣裳に身を包んだおたかは嬉しそうだった。その頃、渋井の家には女中や下男もいて、おたかはご新造さんと呼ばれ、悦に入っていた。

それからおえいは、一度もおたかの家を訪れたことがない。何につけても武家の暮らしは百姓とは違うと、得意そうに言うおたかが気に入らなかった。まるで自分が蔑まれているような気がした。

為輔が務めを辞めたと聞かされてから、おえいは、ますます渋井の家に行く気になれなかった。

人の話を素直に聞く耳を持たない為輔は周りの家臣達から疎まれていたらしい。そういうことは、おたかが嫁いでから、おえいの耳に入ってきた。為輔の父親が亡くなると、主は渋井家の禄を削った。為輔の父親は用人だが、為輔は一家臣に過ぎないという理由だった。しかし、為輔はそれが承服できずに主家を去ったのだ。

主は与えた家も取り上げようとしたが、為輔の激しい抵抗に遭い、それはできなかった。

為輔はその後、徒士となって他の武家屋敷に勤めたが、いずれも長続きしなかった。

おたかが小梅村を頻繁に訪れるようになったのは、その頃からだった。

二

長女として生まれなければ、また、男兄弟が一人でもいたら、おえいは家を継ぐこともなかったはずだ。本所の津軽藩で藩儒を務めている谷源四郎の許へ嫁ぐことができたかも知れない。おえいは、心をときめかせた源四郎のことを時々、思い浮かべた。三保蔵がいやという訳ではない。三保蔵は親が決めた亭主だが、おえいとは気持ちが通じ合っている。

いい人と巡り合ったと、おえいは神仏に感謝していた。だが、若かった頃の淡い思い出は、大切に胸の中にしまっておきたい。初めておえいを妻にしたいと言ってくれた男だった。

谷源四郎の母親の実家は小梅村にあった。

少年の頃、夏になると源四郎は母親と一緒に小梅村にやって来て、小川で魚釣りをしたり、下帯ひとつで水浴びをしたりしていた。

父親が厳しい人なので、普段の源四郎はろくに遊ぶ暇もなく、手習所と剣術の町道場に通うばかりだった。母親はそんな源四郎を不憫に思い、小梅村に連れて来ては思いっ切り遊ばせていたのだ。

源四郎は鷹揚な表情をした色白の少年だった。そんな少年は、小梅村で他にはいなかった。

源四郎の母親のおとせは気さくな人柄で、道で出会うと、おえいに優しく声を掛けてくれた。幾つになったのとか、習い事はしているのとか、家の手伝いをして感心だとか言ってくれた。源四郎の姉が着ていた着物と帯を進呈されたこともある。おえいはおとせに気に入られていると思うと、大層嬉しかった。

だが、おとくに着物と帯を見せると、古着をくれて、おえいを嫁にするつもりかと、口汚く罵った。おとくは、さすがに着物と帯を返すことまではしなかったが、もち米の五升も届け、却っておとせを恐縮させた。

源四郎から、いずれ妻になってくれまいかと囁かれたのは、源四郎が津軽藩に抱えられる話が決まった時だった。源四郎は十八で、おえいは十五だった。おえいは胸が震えるほど嬉しかった。その時は、家のことは考えなかった。即座に肯いたものだ。

だが、おえいは、しばらくおとくにそのことを言わなかった。反対されるとわかっていたからだ。

津軽藩の御長屋で暮らす源四郎から、時々、手紙が届いた。封筒の差出人は源四郎の姉の名になっていたから、おとくは最初の内、怪しまなかった。だが、届けられる手紙が頻繁になると、おとくはおえいが畑に出ている間に封を開け、春蔵に見せた。おとくは字が読めなかったからだ。

春蔵は困惑の態で「猿面の家はおえいを嫁に貰いたがっているようだ」と応えた。「猿面」はおとせの実家の通り名だった。昔、時の将軍が小梅村で鷹狩りをした時、親身に世話をした功績で能の猿面を与えられたという。

それ以来、おとせの実家は猿面と呼ばれている。おえいの実家は「庄屋」そのままである。その他に「隠居」だの、「鷹の羽」だの、「赤土」だの、様々な通り名で呼ばれる家があった。

眼を吊り上げて怒鳴るおとくに、おえいは何も言えなかった。長女だから家を継がなければならないのだと諭されたら、まだしもおえいは納得しただろう。だが、おとくは源四郎の年がおえいと近過ぎるとか、貧乏侍の家に嫁いだところで先は見えているとか、挙句の果てにおとせの悪口を並べ立てた。色じかけで谷の家に入り込んだなどと。

源四郎の妻となるには、おとくと親子の縁を切り、黙って家を飛び出すしか道はないと思った。だが、五つ下のおたかと、七つ下のおすずが「姉さま、どこへも行かないで」と泣きながらおえいに縋りつけば、おえいの気持ちは千々に乱れた。

そんな時、男衆の一人が盗みを働いて奉行所から咎めを受けた。おえいは、それをきっかけに源四郎を諦めたのだ。咎人を出した家から源四郎の許へは嫁に行けないと思ったからだ。

あれから茫々と時は過ぎた。源四郎に対する焦がれるような思いは消えたが、おとくに対する恨みは、胸の奥で今でも燻っているような気がしている。春蔵は、おたかが祝言を挙げた翌年に亡くなった。

切り落とした花の茎を台所の外に置いてあるゴミ樽に捨てると、おえいは、ようやくおたかの傍に行った。

「姉さま、ごきげんよう」

おたかは無邪気な笑顔を向けた。おたかばかりでなく、家の奉公人達も、おえいを「姉さま」と呼ぶ。おえいは総領だから、一応は皆、敬っているらしい。それにしては、おとくのことを「おんば」と呼び捨てにするのは、考えてみると、おかしなことだったが。

おたかは父方の祖母とよく似ていると言われる。おえいやおすずとは違う顔立ちをしていた。

「おりくちゃんは元気にしておいでかえ」

急須を引き寄せておえいは訊く。

「お蔭様で。手習所に茶の湯、琴の稽古と、おりくも忙しくしておりますよ」

「それじゃ、月謝も馬鹿になりませんねえ」

家計が火の車なら、一人娘とはいえ、そんなことにお金を遣っている場合ではないと、おえいは思う。

「ええ。ですからねえ、おっ母さんに少し助けて貰おうとお願いしていたところなの。ほら、お武家の世界はひと通りの習い事を娘にさせるのがお仕来たりだから」

おたかがそう言ったので、おえいはそっと、おとくの顔色を窺った。出すつもりなのだろうか。

嘉助が夜だけ近所の塾に通って勉強したいと言い出した時、百姓に学問はいらないと強い口調で反対したおとくである。おえいは、それを忘れてはいなかった。三保蔵は瓦焼きの仕事を増やして、ようやく嘉助の月謝を工面したのだ。

それでも、おとくは勝手なことをすると、しばらくの間、三保蔵を詰っていた。

三保蔵は婿入りした当初こそ、何んでもおとくの意見に従っていたが、二十年近くこの家で暮らす内に、おとくをいなす方法も覚えた。金が要る時は自分で工面するしかないと諦めてもいる。そんな三保蔵が、おえいには頼もしかった。嘉助はそのお蔭で読み書き、算盤がよくでき、村の将来をしょって立つ者として村人達からも期待されている。だが、おとくは、嘉助に勉強をさせたのは自分だと村の人々に触れ回っているらしい。全く、自分の母親ながら、おえいはおとくに嫌気が差す。だが、総領に生まれついた自分には、おとくを見送り、この家を守ることが与えられた使命だった。

「おりくが年頃になったら、お武家のお屋敷に奉公できるかも知れない。そのためには習い事をさせておいた方がいいと思うよ」

おとくは存外、ものわかりよく言った。

「おたか、よかったね。おっ母さん、お金を出してくれるそうだよ」

おえいは、おたかを安心させるように笑った。

「三保蔵さんに、もう少し瓦焼きで稼いで貰えないかねえ」

だが、おとくは抜け目のない表情でおえいに訊いた。

「おっ母さん、冗談言わないで。おりくちゃんの習い事の月謝を、どうしてうちの人が工面しなけりゃならないの？　馬鹿も休み休み言ってよ」

おえいはさすがに呆れて口を返した。

「三保蔵は、わしの家の婿だ。婿が姑（しゅうとめ）の言うことを聞くのは当たり前だろうが」

「それとこれとは別よ」

おえいの声が尖(とが)った。おえいの剣幕がよほど激しかったのだろう。おとくはそれ以上、無理を言わず、貯めていた金の中から、幾らか融通すると渋々言った。

おとくが金を取りに、その場から離れると、

「ごめんね、姉さま。いやな思いをさせて」と、おたかは気の毒そうに謝った。

「いいのよ、それは。でもね、嘉助が塾に通いたいと言った時、おっ母さんは反対したんだよ。それがあったから、あたしも、つい、きついことを言ってしまったけど……」

「わかってるよ。義兄(にい)さんは嘉助のためにがんばったんだ。義兄さんはいい亭主だよ。姉さまが本当に羨ましい。それに比べて、うちの旦那様ときたら、何もできないくせにいばってばかり。二言目には、このどん百姓って馬鹿にするの。そのどん百姓の実家から米や青物を恵んで貰っているのを忘れているんだよ。勝手な人さ。いっそ、おりくを連れて離縁したいほどさ」

「ねえ、おたか。幾らお武家さんでも食べられないのじゃ、どうしようもない。その気があるのなら、こっちに戻ってきたら？　小作の卯平(うへい)さんが残していった家があるよ。少し手直ししたら母娘二人なら十分暮らせると思うのだけど」

おえいは親切心で言った。数年前に死んだ卯平の家は、おとくが親戚から買い取ったものだった。今は納屋代わりに使っているだけだ。

「悪いけど姉さま。そんな気持ちはないから」

そう言ったおたかの表情が険（けわ）しくなった。

「あんなぼろ家に住める訳がないじゃないか。おたかも覚悟を決めて渋井の家に嫁に行ったんだから、辛抱するしかないのさ。おえいも余計なことを言うんじゃないよ」

戻って来たおとくは、きつい眼でおえいを睨（にら）んだ。話を聞いていたらしい。

「姉さまが卯平の家に住むというなら、考えてもいいけどさ。そんなことは不承知でしょう？　あたしはこの家が大好きだけど」

おたかは紙に包まれた金を帯の間に挟みながら言う。

「そうね、いっそ、その方がよかったかも知れないね。おたかがこの家を継げばよかったのよ。そうしたら、あたしも身軽になれたのに。でも、もう遅いよね」

おえいは、そう言ってから腰を上げた。無駄話をするより、奥の間の畳を乾拭（からぶ）きしようと思った。おたかは、まだ帰る様子を見せなかった。

「姉さま。昔、猿面の小母さんから貰った着物と帯、貰えないかな。おりくに着おえいの背中に覆い被せるように、おたかは言った。むっと腹が立った。

「まあ、よく覚えておいでだこと」

おえいは振り返り、皮肉交じりに応えた。

「あの着物、あたしも気に入っていたのよ。姉さまには娘がいないから、取って置いても無駄でしょう？」

娘がいないという言葉が、おえいを突き刺した。それならお前はどうなのか、渋井の跡継ぎを産めずにいるじゃないかと言いたかった。だが、おえいは、ぐっと堪えた。いかにもおとなげない。

「おえい、おりくに上げなさいな。おりくも着たきり雀じゃ可哀想だから」

おとくは口を挟む。

「ええ、わかりましたよ」

おえいは応えると、自分の部屋の箪笥から着物と帯を取り出し、風呂敷に包んでおたかに渡した。

おたかは満面の笑みになり「ありがと、姉さま」と、一応は礼を言った。

三

瓦焼場から戻った三保蔵は、明日から泊まり込みで仕事をすることになったと、おえいに言った。

何んでも大名屋敷で急に屋根の葺き替えがあり、焼場にあるものだけでは足りず、新たに瓦を焼いて数を揃えなければならないという。窯に火が入ったら職人は交代で昼夜を問わず、見張りをしなければならないのだ。

「大変でございますね。でもまあ、稲の刈り入れの後で、うちもそれほど忙しくないですから、お前さんも親方のお役に立ててよかったですよ」

おえいは三保蔵の猪口に酌をしながら言った。三保蔵は毎晩、晩酌をする男だった。死んだ父親もそうだったので、おとくは、面と向かって文句は言わない。

「嘉助、稲の始末は任せていいか?」

三保蔵はめしを頬張っている嘉助に訊いた。

「ああ。利助と留助が手伝ってくれるから、それは大丈夫だ。今年は春に田圃を干して溝切りをしたのがよかったな。白くていい根が張った。来年もそうするよ」

祖父によく似た嘉助は賢そうな眼を光らせて応えた。利助と留助は男衆のことである。

「だが、田圃はいいとして、畑にねずみが多く出るようになったのが困りものよ。ねずみ除けの策を考えなきゃならねェ」

嘉助は途端に表情を曇らせて続ける。ねずみは作物の根を齧って畑を駄目にする厄介な生きものだ。

「ねずみの巣穴を見つけたら、そこに唐辛子を突っ込めばいい。それでも手に余るようだったら、そうだな、水仙か彼岸花でも植えるのがいいだろう」

三保蔵は、酒の酔いがほろりと回り、赤い顔で言った。

「親父、水仙と彼岸花で本当にねずみは降参するのか」

お代わりの茶碗をおえいに突き出し、嘉助は疑わしそうに三保蔵へ訊く。十七歳の嘉助は驚くほど食欲がある。うっかりしているとお櫃が空になるほどだ。おとくは嘉助に甘いので、めしについては何も言わない。

「小作の卯平さんは花造りの好きな人だったが、ある年、ねずみにやられて、せっかくの花が台なしになったそうだ。だが、どういう訳か水仙だけは無事だったらしい。水仙の根に毒があることを、ねずみは知っていたんだな。同じように彼岸花も根に毒があるそうだ」

「そいじゃ、今度の寄合で皆んなに言うよ。きっと皆んなは感心すると思うぜ。さすが嘉助の親父は物知りだなって」

嘉助は三保蔵を持ち上げるように言った。

「褒（ほ）めても何も出ねェよ」

三保蔵はからかうように言ったが、嬉しそうだった。嘉助は村の若い者だけの寄合を持ち、そこであれこれ意見を述べ合っている。

村祭りの相談をするのもその席である。もちろん、本業の百姓の仕事も同じだ。何か問題があると皆んなで話し合い、よい方法を考えるのだ。年寄りの言う通りにしているばかりが能ではないと、村の若者達は思っているらしい。皆んなで倖せになろうぜ、というのが嘉助達の合言葉だ。おえいは微笑ましい気持ちで、嘉助とその友人達を眺めていた。友人達は学問を積んだ嘉助に一目置いている。それもおえいにとっては嬉しいことだった。

嘉助が食事を終えて自分の部屋に引き上げると「今日、緑町のおたかちゃんが来たのけェ？」と、三保蔵は低い声でおえいに訊いた。

「ええ。相変わらず暮らしが大変そうでしたよ。この先、どうなるのかと思えば、あたしもおっ母さんも気が滅入るの」

「仕事の帰りに大八を引いているおたかちゃんを見掛けたんだ。それで、こっちに来たんだなと思ったのよ。お武家のご新造さんが大八を引くなんざ、ちょいと見掛けねェ図だぜ」

三保蔵は皮肉でもなく言う。三保蔵は苦労しているおたかに同情していた。

「あの子、お嫁に行く前も大八車を引いて、青物を市場に運んでいたでしょう？背負い籠よりたくさん運べるからって。お父っつぁんは、おたかのために、わざわざ小さめの大八車を拵えてやったのよ。お嫁に行って、その大八車も用済みになったと思っていたら、また出番が回ってきて……」

「そうけェ。可哀想だな、おたかちゃんは。おえい、できるだけのことはしてやんな」

三保蔵はそう言うと、酒を仕舞いにして「めし」と、続けた。

翌日、三保蔵は着替えと米を三升ほど、酒の入った一升徳利を携えて瓦焼場へ向かった。

おとくは手間賃の下敷きになると嫌味を言ったが、おえいは知らぬ振りをしていた。おとくの言うことを一々聞いていたら、こちらの身がもたない。

三保蔵の泊まり込みはひと廻り（一週間）ほど続くという。三保蔵のいない夜は、何んだか忘れ物をしたようで、おえいは落ち着かなかった。

近所の家で茶飲み話をして戻って来たおとくは「猿面の家におとせさんが戻っているようだよ」と言った。

「まあ、こんな時分にどうした訳でしょうね。何かあったのかしら」

「それがさ……」

おとくは狡猾そうな眼を光らせた。

「子袋（子宮）に腫れ物ができて、実家で養生する気になったらしいよ。裾を粗末にするおなごは、そんな病に罹るんだ」

おとくは決めつけるように言う。

「そんなことはありませんよ。お武家様のお屋敷で色々、気苦労もあったでしょうし、親御さんの血を受け継いで、そうなったかも知れないでしょう？」

おえいは、やんわりとおとくを窘める。

「そういや、おとせさんの母親も子袋に腫れ物ができて死んだと聞いたよ。恐ろしい病での、裾から盥（たらい）一杯もの血を出したそうだ」

「……」

「おえい、お前も気をつけな。今夜は風呂をやめようかと思ったが、そんな話を聞くと心配になる。おかよに風呂を立てさせ、一番にお前がお入り」

おとくは女衆の名前を持ち出した。

「あたしは後でいいよ」

「いいや、お前が一番に入るんだ。お前に倒れられたら、あたしゃ、どうしていいかわからないからね」

おとくは有無を言わさぬ態で、おえいに言った。

「お見舞いに行かなくちゃ。おっ母さん、卵を少し貰うね」

「幾つだえ」

「そうね、十個ほど」

「五個におし。それに、この間貰った塩引（しおびき）をふた切れほどつけたらいい」

「塩引、饐（す）えていないかしら」

「大丈夫だよ。塩引が饐えるもんか」

おとくはそう言う。おえいは仕方なく肯いた。

四

猿面の家は堀に面している。洪水の被害に遭わないように、家は堀より少し高い位置に建てられていた。おえいは小さな坂道を上がり、土間口前に出た。おとせの家も縁側の前に筵を敷き、刻んだ青菜を干していた。もうすぐ柿の樹に実がなると、軒下に吊るし柿の簾が下がる。それもおえいの家と同じだった。

「ごめん下さい」

おえいは静かな家の中へ声を掛けた。

ほどなく、源四郎の姉の澄江が出て来て「まあ、おえいちゃん」と、驚いたような声を上げた。

「お姉さんも、こちらにいらしていたんですか」

澄江が傍にいることで、おえいは、おとせの病状が芳しくないことを察した。

「母上を一人にさせる訳にはいかなかったのですよ。お婆様はお年ですしね。わたくしは旦那様からお許しをいただき、しばらく母上の看病をすることにしましたの」

「そうですか。あの、これはつまらないものですが」

おえいは布巾を被せた笊を差し出した。

「わざわざお見舞いに来て下さったの？　ありがとう。ささ、上がって」

澄江はおえいの袖を引いて中へ促す。

「でも、小母さんの具合がよろしくないのなら、お邪魔になりますから」

「いいのよ。今日はお天気もよくて、母上も幾分、調子がいいのよ。おえいちゃんの顔を見たら喜びますよ」

澄江は笑顔で応えた。

おとせは庭の見える部屋で半身を起こしていた。おえいが入って行くと、盛んに乱れた髪を手で撫でつけた。

「こんな恰好でごめんなさいね。ずっと寝たり起きたりなもので、髪を結う暇もないのですよ」

おとせは恥ずかしそうに言う。

「そんなこと、お気になさらずに。小母さんは病なのですから、しっかり養生なさることが肝腎ですよ。床上げなされば、髪はいつでも結えますから」

おえいはそう言って慰めたが、おとせの憔悴した表情に驚いてもいた。ふっくらとした頰は肉が落ち、眼の下は青黒い隈ができていた。目方も減り、以前よりひと回りも小さくなって見える。

「おえいちゃんは優しいねえ。源四郎の嫁とは大違いですよ」

　おとせはため息交じりに言った。

「また、そんなこと言って。珠代さんだって、母上の看病をよくやってくれたじゃないですか」

　茶を運んで来た澄江は、そっとおとせを窘めた。珠代は源四郎の妻のことで、確かおたかと同い年と聞いている。おえいが三保蔵と祝言を挙げた三年後に源四郎は珠代を娶っていた。

「余計なことをお訊きしますが、珠代さんは小母さんの看病ができないのですか」

　源四郎は谷家の長男だから、おとせの看病は珠代がするべきものと、おえいは思っている。澄江はおとせにとって実の娘でも、もはや谷家の人間ではないからだ。

「それがですね、母上の看病を十日ばかりしましたら、珠代さんは疲れが出た様子で倒れてしまいましたの。今はご実家に戻っているのですよ。それで、母上の世話を女中任せにもできなくて、わたくしがこうして小梅村について来たという訳なの。母上は珠代さんを恨んで、あれは仮病だなどと言うんですよ。本当に困った人」

澄江は眉間に皺を寄せて苦笑した。

「そうだったんですか。お姉さんも大変でございますねえ」

「ううん。実の母親ですから、気を遣う必要がないので、その点は楽よ。言いたいことも言えますしね」

「この子はね、あたしが苦しい苦しいと呻くと、病だから仕方がないって怒るんですよ」

おとせは情けない顔で言った。

「小母さん、それほど苦しいのですか」

おえいはおとせが可哀想で眼を赤くした。

「大丈夫よ、おえいちゃん。甘えているだけだから」

澄江は悪戯っぽい表情で、おえいの膝をぽんぽんと叩いた。

「おえいちゃんは源四郎と一緒になりたかっただろうねえ」

おとせは、突然、そんなことを言った。

「母上、今さら何を言い出すの？　おえいちゃんには優しいご亭主と可愛い息子さんが二人もいるのよ。昔のことを言っても仕方がないでしょうに」

澄江は慌てて、おとせを制した。

「でも、珠代さんは谷の家の跡継ぎを産んでくれないのだよ。それに比べておえいちゃんは息子さんが二人もいて、本当に羨ましい」

病で気が弱くなっていたのだろう。おとせの話は愚痴っぽくなる。源四郎には娘が三人いるが、息子はいない。いずれ、長女には養子を迎えなければならないだろう。おえいのように。

また度々、見舞いに訪れると約束して、おえいは猿面の家を後にした。きっと来ておくれね、と念を押したおとせが哀れでならなかった。源四郎と一緒になったとしても息子が生まれるとは限らない。それでもおとせは病に倒れると、あれこれと詮（せん）のないことを考えてしまうようだ。

おえいは、おとせに言いたかった。自分は実の母親とさえ反（そ）りが合わない女だ、とても姑仕えなどできないと。だが、源四郎の妻となり、おとせに優しく家の中のことを教えて貰っていたら、今の自分より、まだしも情け深い女になっていたような気がする。

おとくに馴らされた自分は、いずれおとくと瓜二つの女になるだろう。おえいには、それがいやでたまらなかった。

澄江は、ひと月ほどおとせの傍にいたが、いつまでも家を空けている訳にはゆかないので、一旦、婚家に戻った。しかし、その間にも源四郎の妻の珠代が小梅村にやって来る気配はなかった。

おえいは三日に一度はおとせを見舞った。

おとせの病状は芳しくなかったが、それでも世間話ができるぐらいの元気は残っていた。

同じ話を何度もされるのには閉口したが、おとせの慰めになればと、おえいは根気よく話を聞いてやった。

遠くの山々の頂きが雪を被ると、小梅村も冷たい木枯らしが吹く日が続いた。おとせが盛んに「寒い、寒い」と訴えるのが、おえいには辛かった。病がおとせの体温を奪うのかも知れない。

おとくは「あの人も長くないよ」と小意地悪く言う。おえいは、そんなおとくに口を利く気にもなれなかった。どうして同情してやれないのかと、わが母ながら情けなかった。

暦が師走を迎えたある日、おえいがいつものようにおとせを見舞うと、澄江が久しぶりに顔を出していた。

「まあ、お姉さん、お久しぶりでございます」

おえいは三つ指を突いて、頭を下げた。

「わたくしのいない間、おえいちゃんは母上を慰めて下さったそうですってね。ありがとう」

「いいえ。小母さんのお顔を見ていると、あたしもほっとするので」

おえいは笑いながら応えた。

「ところでね、おたかちゃんのことですけど、その後、どうしていらっしゃいますの」

澄江がおたかのことを持ち出したのが解せない。おたかは相変わらず小梅村にやって来ては、食べる物を調達し、幾らかの金を無心して帰る。もう、それも半ば慣れっこになっていた。おえいは怪訝な眼で澄江を見つめ「何かありましたでしょうか」と訊いた。

「いえね……」

澄江はちらりとおとせの顔を振り返った。

「話しておやり。おえいちゃんは、おたかちゃんのお姉さんなんだから」

おとせは訳知り顔で応えた。

「そ、そうよね。妹さんのことなら、何んでも知っておきたいものよね」

澄江は自分に言い聞かせるように肯いた。

おたかの家の近くに澄江の親しい友人が住んでいた。その友人の話では、毎日のように為輔とおたかは夫婦喧嘩をしているらしい。

挙句、為輔はおたかに殴る蹴るの暴力を働き、おたかが裸足で逃げ出すことも珍しくないそうだ。夫婦喧嘩の原因は、詰まるところ金なのだが、為輔は家の中の片づけができないことを理由におたかを激しく罵っているという。

「そうですか。お恥ずかしい限りでございます。ご心配をお掛けしまして……」

おえいは小さくなって頭を下げた。

「おえいちゃんが謝ることはないのよ。もちろん、おたかちゃんだって悪くない。渋井様の女中と下男にはとっくに暇を出して、お手伝いをする人は誰もいないそうよ。皆、おたかちゃんがしなければならないのよ。渋井様のお気に召すようになんてなりませんよ。それでなくても、おたかちゃんは一生懸命、家計を支えているというのに……あのね、おたかちゃんは路上に筵を敷いて、青物や干し柿を売っていたそうですよ」

あまりのことに、おえいは二の句が継げなかった。おたかは実家から貰った物を売り、金に換えていたのだ。それほど困窮しているとは思ってもいなかった。おえいの背中が寒さのせいでもなく粟立った。

「わたくしが口出しすることではないですけど、おえいちゃん、お母さんと相談して、おたかちゃんを実家に戻してはどう？　このままではおたかちゃん、倒れてしまうかも知れませんよ」

澄江は気の毒そうな顔で続けた。

おえいは家に戻ると、さっそくおとくに、おたかの事情を話した。

「そんなこと、とっくにわかっていたよ。だが、おたかは渋井の家の人間になったんだ。今さら、おめおめと実家に戻れるものかいな。金が足りないのなら、亭主がさっさと勤め口を見つけることだ」

おとくは、さして同情するふうもなく吐き捨てた。

「でも、そう簡単にいかないから、おたかが苦労しているんじゃないの」

おえいは、かっとして口を返した。

「お前が、こっちへ戻って卯平の家に住んだらどうかと言った時、おたかは、はっきり断ったじゃないか。どうするもこうするもおたか次第だ。苦労しても渋井の家にしがみついているんだから、あたし等が口を出すこともない。そんなに困っているんなら、緑町の家を売り払って裏店にでも移りゃいいのさ」

おとくは他人事のように言って、おえいの話を打ち切ってしまった。三保蔵に相談しても「おれァ、入り婿の立場だから、おっ姑さんの言うことにゃ、逆らえねェよ」と、低い声で応えるばかりだった。

時々訪れるおたかに、あんた、路上で物売りしているのかとは、実の妹でもおえいは訊けなかった。たまたま訪れた末の妹のおすずに話をすると「おたかちゃんが可哀想」と眼を潤ませたが、自分におたかを助ける力はないから、どうぞ姉さま、お願いしますと言うだけで、埒は明かなかった。

五

年が明けて新年の挨拶に訪れたおたかは、眼の周りを紫色にしていた。為輔に殴られたという。さすがにおとくは顔色を変え「あの業晒し、ただではおかない」と憤（いきどお）った。おたかが家に戻る時、おとくも一緒について行った。

おとくは為輔に文句を言ったようだが、為輔もおとくと似たような性格だ。人の意見に聞く耳を持たない。まして自分が悪いとは、おくびにも出さなかったらしい。それどころか、おとくの躾（しつけ）が悪いから、おたかがだらしない女になったと、おとくを詰ったようだ。

小梅村に戻って来たおとくは為輔に怒りを募（つの）らせていたが、二、三日経（た）つと、けろりとした表情に戻っていた。いやなことでも、すぐに忘れてしまうのがおとくの性格である。

おとくが村の親しい女達と川崎大師（かわさきだいし）にお参りに出かけたのは二月に入ってからだった。

向こうに三日ほど泊まる予定で、お参りの後は女同士で積もる話をするようだ。おとくが家にいないので、おえいばかりでなく、男衆も女衆も、いや三保蔵ですら、何やら表情が和らいでいるように思えた。

おたかはおとくの留守中に小梅村にやって来た。

おえいはおたかの顔を見て心底驚いた。前歯がすっかり抜けてしまっていたのだ。年を取れば少しずつ歯は抜けるものだが、いっぺんに五、六本も抜ける話は聞かない。

「歯が落ちてしまって、いやになっちまう」

おたかは恥ずかしそうに掌で口許を覆った。

歯抜けになったおたかの顔は一度に老けたように見えた。そればかりでなく、足が妙な具合に腫れていた。

おえいが心配して「大丈夫なの」と訊くと、庭の手入れをして疲れたせいだと応え、意に介するふうもなかった。おえいはおとくの代わりに、あれこれと食べる物を見繕っておたかに持たせた。

おたかは笑顔で「ありがと、姉さま」と礼を言ったが、その後で、「姉さま、少しお金の工面をお願いできないかな」と、上目遣いでおえいを見た。

「困ったね。おっ母さんがいないから、あたしはどうすることもできないよ」

おえいは、やんわりと断った。財布はおとくが握っている。おとくは川崎大師に出かける時、おたかに渡す金など、おえいに預けていない。出かけることに夢中で、そこまで頭が回らなかったのだろう。

「おりくのおさらい会に、ちょっとお金がいるの。姉さま、後生だ。何んとかして」

　おさらい会と聞いて、おえいは、むっと腹が立った。そんなことより食べる方が先だろうと思う。

「おたか。おりくちゃんは、よそ様のお嬢様とは違うのだよ。家が大変なことを話して了簡させなければ駄目よ」

　おえいは姉らしくおたかを窘めた。しかし、おたかは顔色を変えた。

「そんなことは大きなお世話でございます。それでなくても、おりくの母親は百姓上がりだと陰口を叩かれているんだ。あたしは人並なことをおりくにしてやりたいだけ。あたしはどうなってもいいの。おりくさえ一人前にしたら、他に望みはないのよ」

　娘を思うおたかの気持ちはわかるが、おえいは納得できなかった。黙り込んだおえいに、おたかは怯（ひる）まなかった。

「義兄さんは瓦焼場で内職をしているんでしょ？　少しは手持ちのお金があるはずだと思うけど」

「それは嘉助や清助が祝言を挙げる時、所帯道具のひとつも買ってやるために貯めているものよ。明後日辺りにおっ母さんは帰って来るから、その時に改めて頼んでみてよ」

「どうでもいや？」

「そうは言わないけど、ここで工面してやっても、おっ母さんのことだ。お前が勝手にしたことだから知らないよって、そっぽを向かれるのが落ちなのよ」

「そう、そうなの。あたしがこんなに頼んでいるのに姉さまは聞いてくれないのね。きょうだいは他人の始まりと言うけれど、本当にそうだね。おっ母さんが死ねば、この家は姉さまの物になる。姉さまは何んの苦労もなく、この家と田圃を手にする。あたしが今まで姉さまにお金の工面を頼んだことが一度でもあったかえ。あたしだって、こんなこと言いたくないよ。おっ母さんにも心配掛けたくない。だけど、仕方がないんだよ。あたしにどうしろと言うのさ！」

おたかは甲高い声で叫んだ。女衆が驚いて、ひそひそと囁き合っている。

「おたか。皆んなが驚いているから、ここはおとなしく帰ってちょうだい。話はまた後でね」

おえいは慌てておたかを制した。

「帰れですって？　まだ自分の家になった訳でもないのに偉そうに」

おたかはやぶれかぶれの態で、おえいを睨んだ。おえいはそれ以上、話をする気になれず、傍を離れて裏庭に行った。そろそろ種蒔きをしなければならない。裏庭には、ねずみ除けに植えた水仙の芽が僅かに顔を出していた。しばらくすると、がらがらと大八車の音がした。おたかは諦めて帰ったようだ。おえいは、やるせないため息をついた。

川崎大師から帰って来たおとくは、得意気に土産話を語った。おたかのことを言っても「放っておき」と、にべもなかった。

しかし、おたかはそれ以来、ふっつりと小梅村に顔を見せなくなった。

さすがにおとくも「どうしているのだろうねえ。ちゃんとおまんまを食べているのかねえ」と心配する。

「便りがないのは、いい便りよ」

おえいはそう言っておとくを慰めたが、内心では、おとくと同じことを考えていたのだ。

おたかがようやく来たのは、梅雨が明け、小梅村がいやというほどの暑さになってからだった。

暑い中を歩いて来たおたかは、家に着くなり、台所の座敷に横になった。荒い息をして苦しそうだった。

「何も、こんな暑い日に出かけて来なくても」

おえいはおたかの額に濡れた手拭いを置いて言った。

「うん。だけど、旦那様の仕官が叶ったんで、それを知らせようと思ってさ。これでようやく、あたしもひと息つけるよ」

おたかは薄く笑った。

「まあ、それはおめでとう。それで、どちらのお屋敷に？」

おえいの声も弾んだ。

「ご近所の旗本屋敷だよ。そこのご用人様が、お舅様の知り合いだったのさ。旦那様というより、あたしに同情して仕官の口をお世話してくれたのかも知れない。あたしがなりふり構わず大八を引いて草鞋を売り歩いているのを見ていたんだよ」

「そう。でも、これでおたかの苦労も報われたね。おたかは本当にがんばったから」

「そう思ってくれる？」

「もちろん」

「ありがと、姉さま」

おたかはそう言って眼を閉じ、それから一刻（いっとき）（約二時間）ほど眠った。おたかの足の腫れは相変わらずだった。そんな足で小梅村まで来るのは、さぞ骨だったろう。だが、おたかの寝顔は安らかに見えた。

目覚めたおたかは「身体が楽になった」と笑った。山ほどの青物を積んだ大八車を引き、おたかはおえいに手を振って帰って行った。

以前に口喧嘩したことも、どうやら忘れてくれたらしい。久しぶりにおたかの明るい顔を見て、おえいは心底安堵したものだ。

だが、おえいにとって、それがおたかを見た最後になってしまった。

盂蘭盆（うらぼん）が近づいたある夜、表戸を激しく叩く音がした。家族も奉公人も床に就き、家の中は静かだった。だから、戸を叩く音はなおさら高く響いた。

三保蔵は寝間着のまま土間口に出て戸を開けた。何やら早口で男が喋る声がする。しかし、話の内容まではわからなかった。

寝間に戻って来た三保蔵は苦渋の表情だった。やって来たのは為輔に言付けを頼まれた近所の職人だという。

「おたかちゃんが倒れたらしい」

三保蔵はおえいを驚かせないように静かな声で言った。

「倒れたって、どういうこと？」

「まだ、わからねェ。とにかく緑町に行かなきゃならねェだろう。おえい、仕度しな」

「え、これから？」

「ああ」

「でも、町木戸は閉まっているはずよ」

「人の生き死にとなったら、別だ」

おたかの容態は生き死にに関わることなのか。おえいの胸は震えた。おえいに構わず、三保蔵は寝間着を脱ぎ捨て、普段着の単衣桁(ひとえこう)から、ずるりと引き寄せている。おえいも慌てて身仕度を調えた。

おとくの部屋へ行き、おたかの異変を伝えると、おとくは持ち重りのする巾着袋をおえいに持たせた。

「もしもの時には金がいる。あの業晒しは恐らく一文だってないはずだ」

おとくはしっかりした口調で言った。為輔が当てにならないと、すでに考えている。

「おっ母さんはどうする？」

「明日、昼までお前達が戻って来ないようだったら、嘉助と一緒に向こうへ行くつもりだ。そうならないことを祈っているけどさ」

「わかった。それじゃ、後のことは頼んだよ」

おえいは巾着袋を帯の間に挟むと、土間口で待っている三保蔵の所へ行った。下駄は歩き難(にく)いので、草鞋を履いた。その草鞋はおたかが拵えたものだと思うと、不意に涙がこぼれた。

「めそめそするな」

三保蔵は声を荒らげておえいを叱った。

真夜中のせいもあってか緑町までの道は遠かった。こんな遠い道をおたかはやって来ていたのかと思うと、おえいは胸が塞(ふさ)がる思いだった。三保蔵もそれは感じていたようで「おたかちゃんは、この道をいつも大八を引いて歩いていたんだな」と呟いた。

おえいは何も言えず洟(はな)を啜(すす)るばかりだった。

六

緑町の渋井の家に着いた時、蒲団に寝ているおたかの顔に白い布が被せられていた。

間に合わなかった。おえいは、がっくりと力が抜けた。

「どうしてこんなことに」

おたかの枕許に座っていた為輔に、おえいは訊いた。

「この暑さなのに、おたかは寒い寒いと震えておった。腹でも下した様子で、厠（かわや）を汚した。儂（わし）は掃除しろと叱ったのだ」

為輔はおたかが死んだというのに、平然とした表情で応えた。夏のさなかに寒いと訴えるのが、すでに尋常ではない。そんなおたかに厠の掃除をさせたのか。おえいは激しく怒りが込み上げた。

「母上はお腹を下したのではないのよ。血を出していたのよ」

傍にいたおりくが口を挟んだ。猿面のおとせと同じ病ではないかと、おえいは咄嗟（とっさ）に思った。しかし、おたかは、そんなことをおくびにも出さなかった。裾から出血していることを恥と思っていたのだろうか。

いや、おたかは身体の異状に見て見ぬふりをしていたのかも知れない。医者へ行けば薬料が掛かる。そんな金があったら他へ回したいと思っていたはずだ。

「座敷も廊下も血だらけでの、おりくに手伝わせて、さきほどようやく始末致した。いや、大変だった」

為輔はおたかの死んだことより、家の中の汚れを気にしている様子だった。何んという男だろうと、おえいは呆れて言葉もなかった。

「弔いの用意をしなけりゃなりやせん。渋井様、おたかちゃんの弔いは出していただけやすね」

三保蔵は、それが肝腎とばかり訊く。

「ふうむ。そうしたいのは山々だが、儂も仕官が叶ったばかりで、手持ちのものがござらん。どうしたらよいものかと」

「別に手持ちがなくても弔いを出せば、心ある人は香典を持って線香を上げに来て下せェやす。それほど心配することはござんせんよ」

「そんなものかの。ま、そういうことなら、後はそちらに任せる。よろしく頼む」

「待って下せェ。渋井様は喪主なんですぜ。他人事みてェにおっしゃらねェで下せェ」

「喪主は黙って仏の傍にいるものだ。儂にこれ以上、何をせよと言うか」

声を荒らげた為輔を見て、おえいは三保蔵の袖を引いた。何を言っても無駄だと制したのだ。

おえいは、そっと白い布を引き上げ、おたかの顔を見た。おたかの顔はむくみ、灰色になっていた。そして、閉じた眼から血の涙を流していた。ここで死ぬのは、さぞ無念であったろう。おりくが大人になるのは、まだまだ先のことだ。だが、おえいは思う。生きていたところで、おたかの苦労は続いていたはずだ。生きるのが地獄なら、いっそ死んだ方がよかったのか。おえいにはわからない。

おえいと口喧嘩して、おたかは少しでも心のうっぷんを晴らしただろうか。こんなことになるのなら、あの時、幾らかでもおたかに金を渡せばよかった。つかの間でも、おたかはほっとしたはずだ。

様々な悔いがおえいを責め立てる。おえいは声を殺して泣いた。

「これから御膳の仕度は誰がするの？　お洗濯は？　父上、どうなさるの」

おりくが無邪気に為輔に訊く。亭主が亭主なら、娘も娘だ。それを聞いて、おえいはさらに泣けるのだった。

おたかの弔いがあった翌月、猿面のおとせが亡くなった。短い間に親しい人間を二人も失ったおえいは身体の力が抜け、目方も減った。

もちろん、源四郎は妻子を従えて小梅村にやって来た。おとせの亡骸(なきがら)を見ても源四郎と珠代は淡々としていた。三人の娘だけが「お祖母様(ばば)」と洟を啜っていたけれど。

盛大に泣いていたのは澄江だった。澄江は今まで黙っておとせの看病をしていたが、ようやく現れた源四郎と珠代に不満をぶつけた。

澄江を宥(なだ)めるのはおえいしかいなかった。

「おえいさん。今まで、いかいお世話になり申した」

源四郎は殊勝に礼を言った。

「小母さんは寂しかったのですよ。お姉さんがお世話をしていましたが、やはり小母さんは源四郎さんを待っていたと思いますよ」

おえいは澄江の気持ちを慮(おもんぱか)って言った。

「申し訳ござらん。それがし、母上のことは気になっておったのですが、何しろお務めが忙しかったもので……」

源四郎は苦しい言い訳をする。

「おえいちゃんは妹を亡くしたばかりなのよ。それでも度々、母上を見舞ってくれたのよ。あなたはおえいちゃんの妹が亡くなったというのに、お弔いにも顔を出さなかったじゃないの。母上は、それを気にしていたのですよ」

澄江は源四郎を詰る。白髪交じりの頭を総髪にした源四郎は大層立派に見えた。さすがに津軽藩お抱えの儒者である。しかし、母親が死んだというのに、涙のひとつもこぼさない源四郎が、おえいには寂しかった。

「存じておりましたが、渋井殿とはおつき合いをしておらぬゆえ、お弔いも失礼致した次第でござる」

「薄情者！」

澄江はたまらず叫んだ。

「お姉さん……」

おえいは澄江を外に促した。

外は眩しい陽射しが溢れていた。堀の向こうは畑の緑が拡がっている。畦道に彼岸花も咲いていた。それはおたかが流した血の涙の色に似ていた。

「お姉さん、おたかは小母さんと同じ病だったのですよ」

おえいは彼岸花に眼を向けながら言った。

泣いていた澄江は顔を上げた。

「本当なの？」

「ええ」

「でも、大八車を引いて、ここまでやって来ていたではありませんか」

「具合が悪いのに無理をしていたんですよ。それに気づいてやれなくて、あたしは悪い姉でした」

「母上はおえいちゃんに、源四郎と一緒になりたかっただろうと訊いていたけど、そうならなくてよかったと思う。三保蔵さんの方が、よほど情け深い人よ。おたかちゃんのお弔いには、三保蔵さんは、さぞ泣いていたでしょうね」

「ええ。可哀想だと泣いてくれました」

「そうよ、それが人というものよ」

「でも、お姉さんは小母さんの看病を最後までなさってご立派でしたよ。小母さんも満足していると思いますよ」

おえいは慰めるように澄江へ言った。

「あの世で母上、おたかちゃんに会うかしら」

澄江も彼岸花に眼を向けて言う。

「ええ、きっと」

「そうよね、そう思わなきゃ、残された者はやり切れないもの」

紅の彼岸花は、あるかなしかの風に微(かす)かに揺れていた。嘉助の植えた彼岸花も畑の傍に咲いている。毎年、季節になればその花を目にするというものの、おえいと澄江にとって、その花は亡き人を偲ばせる辛い花になった。

渋井為輔は、早くも後添えにする相手を探しているという。

(お前が先に死ねばよかったんだ)

おえいは言えない言葉を胸で繰り返している。思い出すのは、おたかの笑顔ばかりだった。おえいの冗談に腹を抱えて笑ったおたか。

おたかは笑い上戸だったと改めて思う。それを忘れていた自分が哀しい。

頭上の空は見事に晴れ上がっていた。泣き疲れたおえいの眼に、秋の陽射しも彼岸花の紅色も眩し過ぎるのだった。

野紺菊

一

あの姉さん、いい姉さん。

お尻がちっと曲がっている。

秤に掛けたら十匁。


上がり框に腰を掛け、外を眺めていた息子の幸吉が目の前を通り過ぎた娘に戯れ言葉を掛けた。

「いやな子だこと」

からかわれた娘はそう言って、慌てて歩みを早める。下駄の音まで不愉快そうに聞こえた。幸吉は声変わりしたばかりの野太い声でケケと笑った。

十二歳の幸吉は生意気盛りである。「あの姉さん」は近頃、子供達の間で流行しているようで、年頃の娘を見れば、幸吉は決まってその文句を口にする。

台所で中食の用意をしていた義姉のおさわが「幸吉、馬鹿なことはお言いでないよ」と窘めた。幸吉は短い舌打ちをして立ち上がると、台所にいるおさわの傍に行った。

茶の間にいた姑のおすまが痰のからまったような咳をした。

　おりよは縁側から狭い庭を眺めながら、短い吐息をついた。

「よう、伯母ちゃん。これからおいらの家はどうなるのよ。お父っつぁんは死んじまったし、祖母ちゃんは当たり前じゃねェし、全くお先、真っ暗じゃねェか」

　幸吉はおさわに訊いた。それはおりよも訊きたいことだった。おりよは思わず耳をそばだてたが、おさわは、すぐには応えなかった。

　戸棚から丼でも出しているのか、瀬戸物の触れ合う音が聞こえるだけだった。中食はうどんか蕎麦らしい。醤油だしの香ばしい匂いが、縁側まで流れてきていた。

　亭主の順蔵が亡くなって、初七日が過ぎた。

　初七日の法要が済むと、おりよは張りつめていた気持ちがいっきに弛み、何をする気も起きず、もの思いに耽るばかりだった。春を迎えた庭には和毛のような下草が顔を出し、その中に桜草が可憐な花を咲かせている。順蔵を喜ばせようと、おりよが振り売りの花屋から買ったものである。意識が朧ろになった順蔵の眼に、果たして桜草が映ったかどうかはわからない。

順蔵は花の好きな男だった。庭に植わっている梅、つつじ、かえで、小菊、南天なども順蔵が植木市で求めたものだ。そのお蔭で一年中、庭には何かしらの彩りがあった。

庭下駄を突っ掛け、水遣りをしたり、雑草を毟る順蔵の姿が、おりよには今でもありありと思い出せる。

最初は痔が悪いだけだと順蔵は思っていたようだ。下帯に血がつくことが多かったからだ。それ以外は特に体調の衰えもなく、順蔵は毎日、稼業の小間物の商売に精を出していた。おりよも順蔵のことには、さして頓着していなかった。その内に治るだろうと思っていたのだ。

昨年の夏が過ぎた辺りから順蔵は便秘と下痢を交互に繰り返すようになり、目方がくりと減った。そしてついに蒲団から起き上がれなくなってしまったのだ。おりよは慌てて近所の町医者に診て貰ったが、その時、すでに順蔵は手遅れの状態だった。腹の中に悪い腫れ物ができているという。当時の医療では手の施しようがなかった。

おりよは諦め切れずに修験者に祈禱を頼んだり、近所の稲荷にお百度参りをして順蔵の回復を祈ったが、おりよの願いは天に届かなかった。今年の二月から危篤状態に陥り、意識が戻らないまま、とうとう帰らぬ人となってしまった。

おりよはある程度、覚悟を決めていたから、順蔵の弔いの時にも、さほど取り乱すことはなかったと思う。問題はこれからのことだった。

「わたい、お腹が空いた。朝ごはんをいただかなかったからさ」

姑のおすまの声が聞こえた。

「おっ母さん、朝ごはんは、ちゃんと食べましたよ。これからお昼なの」

おさわはくさくさした口調で言う。

外はいい天気だった。もうすぐ江戸は桜の季節を迎える。あの人は、とうとう今年のお花見はできなかったと、おりよは改めて思った。桜だけは毛虫がつくので庭に植えていない。順蔵は友達と示し合わせて、毎年向島や上野へ花見に行っていたのだ。

「おりよちゃん。お昼ができたよ。こっちへおいでよ」

おさわの声に促され、おりよは「はい」と低い声で応えた。

横山町の裏通りに二軒長屋があって、一方が順蔵の姉夫婦の住まいで、もう一方がおりよと順蔵の住まいだった。土間口は二つあるが、中に入ればひとつの家になっている。その家は順蔵の父親の持ち物だった。もともとは壁で仕切られていて、片方を他人に貸していたのだが、おりよが順蔵と所帯を持つ時、家を借りていた者に出て行って貰った。その時に壁を取り払い、襖を入れ、自由に出入りできるようにしたのだ。

それは姑のおすまのためだった。おすまは膝が悪く、おりよが順蔵の女房になった時は、すでに一町先の湯屋へ行くのも難儀している状態だった。順蔵は長男だったから、表向きはおすまと同居することになるのだが、おすまはおさわを頼りにしていた。すぐ隣りとはいえ、一旦土間口から出て、おさわの土間口へ回るのが大儀だと言った。親孝行な順蔵はおすまの意見を取り入れ、壁を取り払ったのだ。

そうしてよかったと、おりよは思っている。

間もなく、おすまにもの忘れの症状が出始めた。竈に鍋を掛けたまま忘れてしまい、鍋を真っ黒にしてしまうことが続いた。

火事にでもなったら大変なので、とても一人にしておけなかった。

おりよは順蔵と一緒に両国広小路の床見世（住まいのつかない店）で小間物を商っていた。両国橋の橋際の広場は江戸でも繁華な場所であり、水茶屋、髪結床、見世物小屋が軒（のき）を連ねていた。本所側の広小路にも同じように各種の見世があるが、そこは向こう両国広小路と呼ばれている。単に両国広小路と呼ばれるのは西側の米沢町（よねざわちょう）寄りのことだった。

おさわの亭主の政吉（まさきち）も同じ広小路で水茶屋を営んでいる。以前はおさわも見世に出ていたのだが、おすまについていなければならないので、日中は家にいるようになったのだ。

おりよが広小路の床見世を閉めて家に戻ると、今度はおさわの代わりにおすまの世話をした。

商売で疲れて帰ってからおすまの世話をするのは、正直、辛かったが、愚痴を言うことはできなかった。言えば、決まっておさわに伝わった。

「おりよちゃん。あんたの気持ちはようくわかるよ。でもね、仕方がないじゃないか。順蔵と一緒になったんだから、姑の世話をするのは当たり前なんだよ。別にあたしは、おりよちゃんばかりにおっ母さんを押しつけている訳じゃないだろ？　昼間はちゃんと面倒を見ているつもりだ。あんたが忙しいのはわかるが、交代でやらなきゃ共倒れになっちまうんだよ。それでもあんたが、どうでもいやだと言うのなら、あんたは順蔵と離縁するしかないだろうね。離縁したなら他人だ。他人がうちのおっ母さんの世話をする義理はないからね」

おさわの理屈はもっともだった。おりよは何も言えなかった。順蔵はおさわと自分とのことで胸を痛めていたに違いない。諍いの原因となったおすまのことも。それが身体にも影響を及ぼしたのかも知れなかった。

本当は義姉も姑も、自分が順蔵の女房になることを喜んではいなかった。晴れて順蔵の女房になったのだから苦労しても仕方がないのだと、おさわは言いたかったのだろうが、おさわは人の気持ちを踏みにじるような言葉は言わない女である。よその小姑よりできた女だとおりよも思っているが、おすまのことを考えると、どうしても気持ちは暗くなった。

二

おりよは順蔵と一緒になる前に本所で所帯を持ったことがあった。前の亭主の浮気が原因でおりよは自分から家を出たのだ。前の亭主と一緒に暮らしたのは一年もなかった。おりよは若かったし、男を見る眼もなかった。鳶職人をしていた亭主は町火消しの一員でもあった。

火事場で鳶口を使う姿に胸をときめかせ、のぼせたように自分から押し掛けて所帯を持ったのだが、博打好きの女好きでは、所帯が続く訳もない。たちまち借金を増やし、おりよは逃げるように本所押上村の実家に戻ったのだ。

実家の両親は兄夫婦と同居していて、子供が三人いた。父親は小作の百姓だから、家族が食べるだけのかつかつの暮らしだった。その家に、おりよの居場所はなかった。これからは一人で食べて行かなければならないのだと悟ると、口入れ屋(周旋業)を介して、両国広小路の「須磨屋」という水茶屋に奉公した。

つまり、そこがおさわと亭主の政吉が商っていた見世だった。須磨屋は順蔵の父親が始めた見世で、おすまの名に因んで屋号としたそうだ。順蔵の両親は仲のよい夫婦だったらしい。おりよと順蔵が一緒になった時は、舅はすでに亡くなっていたが。

政吉は入り婿のような形でおさわと一緒になったらしい。しかし、順蔵は親の商売を嫌い、当時、小伝馬町の小間物問屋の手代をしていた。掛け取りなど外回りの用事があると、気軽に須磨屋に立ち寄ってひと息ついていた。

初めて順蔵と顔を合わせた時、順蔵は優しい笑顔を見せ「今度、新しく入ったのかい? よろしく頼みますよ」と商家の手代らしく如才ない言葉を掛けてくれた。

あの笑顔に自分はころりと参ったのだと、おりよは思う。怒った顔など想像もできなかった。だが、順蔵の友達に言わせたら、昔の順蔵は男気が強く、喧嘩っ早い男だったそうだ。

須磨屋に奉公が決まった時から、おりよは米沢町の裏店で一人暮らしを始めた。順蔵と一緒になろうとはさらさら考えていなかったが、須磨屋に立ち寄った順蔵と二言、三言、言葉を交わすのは嬉しかった。順蔵もおりよの冗談に声を上げて笑ってくれた。

だが、ある年の暮、夜の五つ（午後八時頃）を過ぎた辺りに順蔵はおりよの住まいを訪れ、ちょいと預かって貰いたい物があると、背負っていた柳行李を下ろした。突然の訪問に驚きながら、おりよは冷静を装って訊いた。

「何んですか、これは」

「店の品物だ」

「………」

あの夜は雨が降っていて、順蔵が被っていた笠も、着物の肩先も濡れていた。順蔵は笠の下から、光る眼でおりよを見ていた。自分の頼みを素直に聞いてくれるのか、くれないのか、半ば怪しむような感じだった。

「お店の品物を黙って持ち出したんですか」

おりよは詰るように言った。

「店が潰れそうなんだ。なに、旦那も番頭も詳しいことは喋らねェ。だが、金目の物をそれとなく運び出しているのよ。大晦日に借金取りが現れる前に夜逃げを決め込む魂胆だ。そうなったら、おれのような下っ端には一文も当たらねェ。指をくわえているのも癪だから、少しでも銭の足しになるように、店の蔵から品物を運んできたのよ」

「でも、こんなことして、お店に知られたら、ただじゃ済まないと思うけど」

おりよは順蔵の行為をやんわりと制した。

「だから、あんたに頼んでいるのよ。横山町のヤサ（家）に置いたら、番頭がすぐに嗅ぎつけるだろう」

「頭がいいのね」

おりよは感心して言った。順蔵のしていることは決していいことではないが、店が潰れるとすれば下っ端の手代や小僧、女中達は無一文で放り出されるに決まっている。

　順蔵は阿呆面して路頭に迷う前に自分で何んとかしようと知恵を働かせていた。

　おりよは順蔵に押し切られ、品物を預かることを承知した。

「念には念を入れるつもりで、床下に置かせてくれ。家捜(やさが)しされても気づかれねエようにな」

　順蔵は慎重だった。おりよは、その拍子にくすりと笑った。

「順蔵さん、あんた大泥棒の素質があるよ。きっと順蔵さんなら役人に捕まらないと思うよ」

「こんな時、冗談を言うない。こちとら必死なんだ」

　順蔵はつかの間、おりよを睨(にら)んだ。

「ごめんなさい」

　そう応えると、順蔵は台所の床板を剥(は)がし、その下に柳行李を入れた。その手際も鮮やかだった。

「大工をしているダチがいてな。そいつが知恵をつけてくれたのよ。女房どもは、ここに味噌甕(みそがめ)や梅干しの甕を入れるのよ。だから床板は剥がしやすくするために釘を打っていねェことが多いんだと」

「すごい」

おりよは掌を打った。

「静かにしてくんな。壁に耳あり、障子に眼ありだ」

順蔵は用心深くおりよを制した。おとなしい顔をしているくせに、いざとなったら思い切ったことをするのが順蔵という男だった。

おりよより三つも年下だったが、頼もしい気がした。その気持ちが恋心に変わるのに、さほど時間は掛からなかったと思う。

順蔵の言ったことは本当だった。年が明けると、間もなく順蔵の奉公していた店は潰れた。それから順蔵は少しの間、須磨屋を手伝った。おりよは見世の帰りに順蔵に誘われて何度か居酒屋へ一緒に行った。順蔵にすれば、最初は、ほんの礼のつもりだったのだろう。

隠している品物をどうするのかと訊ねると「その内に手前ェで商売を始めるつもりだから、もう少し預かってくれ」と言った。

「商売を始める時、あたしを雇ってくれる？　あたし、堅気の商売にあこがれていたの」

おりよは甘えるように言った。ふっと笑った順蔵はおりよの肩に腕を回してくれた。おりよも微笑み返して、順蔵の胸に頬を寄せた。

その内に、順蔵はおりよの住まいに泊まっていくようになった。おりよが亭主を持ったことがあると打ち明けると「知っていたよ」と、あっさり応えた。

「こんなあたし、いやにならない？」

「仕方がねェじゃねェか。今更どうすることもできねェよ。お前ェの亭主は新しい女房を貰って、今は落ち着いているようだ。お前ェに愛想を尽かされて眼が覚めたんだろう」

「調べたの？」

「いや、義兄さんが口入れ屋の大将から聞いた話だ。いいんじゃねェか、丸く収まって」

順蔵は他人事のように言った。おりよは二、三度眼をしばたたき、そんな順蔵を見つめた。

順蔵が何を考えておりよと一緒に過ごしているのか見当がつかなかったが、遊ばれているとも思えなかった。

順蔵との逢瀬が頻繁になっても、所帯を持ってくれという言葉は出なかった。無理もない。自分は三つも年上の出戻り女、順蔵は須磨屋の一人息子だった。母親も姉夫婦も賛成する訳がないと思いながら、おりよは漠然とした寂しさを感じるようになった。順蔵に対する思いが強くなればなるほど、なおさら。

須磨屋は両国広小路でも繁昌している水茶屋だったから、順蔵は両国広小路に床見世を出す時、おさわを頼った。床見世とはいえ、権利金だの、間に入ってくれた人に渡す礼金だの、当座の仕入れ金だのが要った。おさわは弟思いの女だったから、二つ返事で引き受けたらしい。順蔵はおさわの期待を裏切ることなく商売に励み、小間物屋「紅蔵屋」は広小路でも人に知られる店となったのだ。

順蔵の商売が順調に売り上げを伸ばして行くと、おさわは順蔵の嫁探しを始めた。おさわは、うすうす順蔵とおりよの仲に気づいていて、早く順蔵にふさわしい嫁を見つけて、おりよとの仲を切りたいと考えていたのだ。

順蔵は、その時になって、ようやく重い口を開き、実はおりよと一緒になりたいのだと言ったらしい。むろん、おさわは頭に血を昇らせ、おりよに順蔵を諦めてくれと言った。

おさわの言うことはもっともだったから、おりよは須磨屋を辞めて、一時、順蔵の前から姿を消し、日本橋の小網町の料理茶屋で住み込みの女中として働き始めた。順蔵への思いは変わらなかったが、おさわの冷たく自分を見つめた眼には耐えられなかった。

所帯を持つということは、当人同士だけの問題ではないのだと、おりよはつくづく思い知った。

だが、順蔵は自分を見捨てていなかった。商売の合間におりよの行方を捜し、とうとう小網町までやって来てくれたのだ。

「おっ母さんと姉ちゃんを説得したから、もう心配しなくていいぜ。気をもたせて悪かったな。おれも姉ちゃんに金を出して貰ったばかりだったから、強いことも言えなくてよ」

順蔵は取り繕うように言った。

「おっ母さんと姉ちゃんが一緒でもいいかい？　おれはおっ母さんの面倒を見なけりゃならねェからよ。そこだけは了簡してくんな」

順蔵は上目遣いでおりよを見ながら続けた。

滅法界もなく倖せだと思った。たとい、おさわとおすまにどれほど意地悪されても辛抱しようと肝に銘じていたのだ。

おすまとおさわは、一度言い出したら梃子でも動かない順蔵の性格を知っていたから、おりよのことは承知するしかなかったのだろう。

祝言は挙げなかったし、しばらくの間は、おさわもおすまも世間体を憚り、二人が夫婦になったことを他人には喋らなかったが、おりよは満足していた。晴れて順蔵と夫婦になれたのである。これ以上文句を言っては罰が当たるというものだった。

朝に弁当を持って広小路に向かい、一日仕事し、帰ってからおすまを連れて湯屋へ行き、おさわの用意した晩めしを食べる。そういう暮らしが三年ほど続いたが、順蔵とおりよの間に子供ができる兆しはなかった。

親戚から養子に迎えたのが幸吉である。もはや乳がいらなくなり、歩き始めた幸吉がやって来た時のことは忘れられない。

あんなに嬉しそうな順蔵の顔は見たことがなかった。おさわにも子供がいなかったので、幸吉は順蔵とおりよの息子というより、須磨屋の一家にやって来た新しい家族だった。

だが、順蔵が死んだ今、おりよは新しい選択を迫られてもいた。この家に留まるということは、この先、床見世の商売を続けながらおすまの世話をすることであり、幸吉を一人前になるまで育てることでもあった。自分にそれができるだろうか。おりよは思い悩んでいた。

三

「ところでね、これからのことだけど……」

　昼めしの後で、おさわは改まった表情でおりよに言った。かけうどんのだしは少し塩辛く、おりよは喉の渇きを覚えた。おさわの視線を避けて、火鉢から鉄瓶を取り上げると、急須に湯を注いだ。

「あんた、どうするつもり？」

　おさわは、何気ないふうを装って訊く。出て行けと言いたいのだろうか。おさわの意図がわからない。

「どうするって……あたしにはわかりません」

　おりよは、おずおずと応えた。

「広小路の店はどうするのだえ。続けるのかえ」

　そっちの話かと気づくと、少しほっとした。

　だが、紅蔵屋を一人で切り守りするのは荷が重過ぎる。

「今までは仕入れや掛け取りをうちの人に任せ、あたしは、ただお客様に品物を売るだけでしたから、この先、一人でやって行く自信がありません。多分、無理だと思います」

おりよは正直に言った。

「そう？　だけど、順蔵の仕事ぶりを十年以上も見ていたから、やってやれないことはないと思うけどね」

「…………」

「それじゃ、実家に戻るつもりかえ」

おさわはいらいらした表情で続けた。もともとせっかちな質(たち)で、物事に早くけりをつけたがる女である。

「そんなつもりはありません。実家に戻ったところで、どうしようもありませんから。どこか奉公先を探して働くしかないと思っています」

「働く？　あんた、幾つになるのだえ。この節は女中だって若い娘を雇いたがるものだ。あんたのような三十を過ぎた年増は、ちょいとできない相談だと思うよ」

「…………」

「あたしは意地悪で言ってるんじゃないよ。世間並の話をしているだけだよ」

おさわは取り繕うように言う。

「わかっております」

おりよはおさわの前に茶の入った湯呑を置いたが、おさわは、まるでそれが眼に入らないという感じでおりよの顔を見つめたままだった。幸吉は外へ遊びに行き、おすまは茶の間に横になって昼寝をしていた。すうすうと安らかな寝息が聞こえた。順蔵が死んだことも、よくわかっていない様子だった。

昨夜も夜中に眼を覚まし「あれ、順蔵がいないよ。ご不浄かえ。長い用足しだこと」と、呟いていたのだ。

「順蔵が亡くなった今、あんたを無理にこの家に引き止めることはできなくなった。どうするもこうするも、あんた次第だ。だけど、あんたに出て行かれたら、正直、あたしは困る。おっ母さんに掛かり切りになっちゃ、あたしは何もできなくなるし、幸吉のことだってあるしね」

結局、問題はおすまのことになるのだ。だが幸吉の名を出されると、おりよは、はっとした。おすまのことより、幸吉の身の振り方が気になる。幼い頃から育てた子である。実の母親のような訳にはいかないが、それでも情は感じていた。

「もしも、あたしが出て行くとしたら、幸吉はどうなるのでしょう」

「まあ、そうなったら、あたしが自分の息子にするしかないだろうよ。今さら生みの親の所へ返すこともできないからね。だけど、幸吉は順蔵が自分の息子にするために連れて来た子供なんだよ。あんたにだって責任はあるはずだ」

おさわは、その時だけ強い口調になった。

「お義姉さん。うちの人は幸吉のことを、あたしに何んの相談もなしに決めたんですよ。あたしは黙って言う通りにしただけです」

おりよは、かッとして口を返した。

「それはね、貰いっ子すると、その後で子宝に恵まれることが多いと、順蔵が誰かから聞いたからだよ。あいにく、そんなことはなかったんだけどね」

おさわは順蔵を庇うように言った。順蔵は、子のできないことでおりよを詰ったことはなかった。だから幸吉を連れてきた時は大層驚いた。順蔵はおりよの口を封じるように「犬を飼うよりいいだろう？　な、そう思いねェ」と笑ってごまかしたのだ。

「順蔵を恨んでいるのかえ」

おさわは黙り込んだおりよに心配そうに訊いた。

「恨んじゃいませんよ。曲がりなりにも、あたしは幸吉の母親として暮らして来たのですから」

「そうだよね。順蔵に言われて仕方なく育てたなんて聞いたら、幸吉の奴、ぐれてしまうよ」

おさわは朗らかな笑い声を立てた。おりよは、その声に、むっと腹が立った。あの時のおりよの気持ちを少しも考えていないと思った。子を産めなかったことが、どれほど悔しく悲しかったか。だが、おりよは、それを口にできなかった。おさわも自分と同じように子を持つことができなかったからだ。

「お義姉さんは、あたしにどうしろとおっしゃりたいのですか」

そう訊くと、おさわは笑顔を消した。

「広小路の店はあんたにやるよ。それから、いずれこの家も、あんたの物にしていい。この家はお父っつぁんが建てたものだ。引き継ぐのは順蔵だった。おっ母さんのことがあるから、あたしはよそへ住むこともできずにいただけだ」

「店と家をいただいても、おっ姑さんのお世話があれば、どうしようもないと思います」

「そう、それが肝腎なのさ。だけど放り出すことなんざ、できゃしないだろ？」

おさわはおりよの顔色を窺うように言った。

「お義姉さんは、おっ姑さんを置いて、よそへ引っ越すおつもりですか」

「本当はそうしたいんだよ。でも、あんたは承知しないだろう。それなら店も家もいらないと言うはずだ。そうだろ？」

「………」

「あたしがあんただったら、さっさと家を出ることを考えたと思うよ。勝手だと思うかも知れないが、おっ母さんはあたしの実の母親だ。死んだ弟の嫁に押しつけて平気な顔でいる訳にもいかない。だけど、今のおっ母さんを一人で面倒を見るのは無理なんだよ。後生だおりよちゃん。あたしを助けると思って、この家にいておくれ」

「お義姉さんは今まで通り、あたしにおっ姑さんの世話をしてほしいのですね」

「そう、今まで通りでいいんだよ。あんただけが頼りなんだ」

おさわは座り直して深々と頭を下げた。今まで通りなら、やってやれないこともないだろうと、おりよは思った。

「お義姉さんもよそへ行かない？」

おりよは確かめるように訊いた。

「ああ。あんたが承知してくれるのなら、今まで通り、あたしがごはんの仕度をして、日中はおっ母さんの面倒を見るよ。幸吉はもう十二歳だから店番ぐらいできるはずだ。そうなりゃ、広小路の店はやって行ける。売り上げのことなんて気にすることはない。続けることが大事なのさ。幸吉は須磨屋と紅蔵屋の跡継ぎになる。きっと順蔵はそれを望んでいたと思うよ」

結局、おりよはおさわの言い分を呑んだ。

だが、おすまの症状は日に日に重くなっていった。

幸吉は算盤の稽古と手習いのない日は、広小路の紅蔵屋で店番をするようになったが、そこはまだ子供で、じっと座っていることができず、床見世の外に出て、通り過ぎる娘達に例の「あの姉さん」の戯れ言葉を掛けていた。贔屓（ひいき）の客は順蔵が亡くなると潮が引くように離れ、売り上げは以前の半分以下にまで落ち込んだ。それでも、横山町の家でおさわ夫婦と一緒にいるお蔭で、食べる心配だけはせずに済んでいた。

四

「おっ母さん、客は一人も来なかったぜ」

仕入れをして広小路の紅蔵屋に戻ると、幸吉は仏頂面（ぶっちょうづら）でおりよに言った。

「皆んな、お花見に行ってるからだよ。店を開けてりゃ、その内にお客さんはやって来るさ」

鼻がつかえそうな奥の狭い座敷に座り、おりよは仕入れた品物の内容を帳簿につけた。

「客が来なくても店を続けるのか？」

幸吉は上目遣いで訊く。この頃は分別臭い表情になった。背も伸び、おりよより三寸ほど高くなっている。

「ああ、続けるよ。お前が一人前になるまではね」

「だけど大変じゃねエか。店を閉めて家に戻りゃ、祖母（ばあ）ちゃんの世話があるし」

「仕方がないじゃないか。伯母ちゃんとおっ母さんが交代で面倒を見るしかないんだよ」

「どうせなら、祖母ちゃんが先に死ねばよかったんだよ」

「滅多なことはお言いでないよ。人に聞かれたら何んと言われるか知れたもんじゃないよ。人が死ぬのは順番じゃないのさ」

そう言ったが、おりよもおすまが先に逝ってくれたらよかったのにと心底思っていた。

いや、誰だってそう思っているに違いない。

しかし、それは間違っても口に出すことはできない。今、生きている人間の死を望むことは人の道に外れることだ。人は誰でも年を取る。年を取ればおすまのように、頭がまともに働かなくなることだってある。それは、おすまの罪ではない。そんなおすまの世話をするのは、残された者のつとめだ。理屈はわかっているつもりだが、世の中には、そのつとめと無縁で過ごす者もいる。天の神さんは不公平だと、おりよは時々考える。

「おいら、もしかして、おっ母さんが家を出て行くかも知れねェって思っていた」

幸吉は店の外に視線を向けながら独り言のように呟いた。おりよは帳簿から顔を上げて幸吉を見た。

「どうしてさ」

「おいら、おっ母さんの実の子供じゃねェしよ。伯母ちゃんも覚悟だけはしておけと言ったからさ」

「伯母ちゃん、お前にそんなこと言ったの？」

「ああ。伯母ちゃんが今度はおいらのおっ母さんになるかも知れねェとも言った」

「あんた、何んて応えたの？」

「よしちくれと言ったよ。伯母ちゃん、五十を過ぎているじゃねェか。おいらは息子というより孫でもおかしくねェとな。そしたら、ぷんと膨(ふく)れていた」

幸吉の話におりよは思わず声を上げて笑った。

「おっ母さんはね、子が産めなかったから、お父っつぁんはお前を連れて来て、うちの子にしたんだよ。お父っつぁんには可愛がって貰っただろ？」

「ああ」

幸吉は仕方なく肯(うなず)いた。

「だったら、恩返しだと思って、おっ母さんの手伝いをして、伯母ちゃんの言うこともよく聞いて、それで祖母ちゃんにも優しくしておくれね」

「おっ母さんはおいらを置いて出て行かねェか？」

振り向いた幸吉は真顔だった。

「ああ。出て行く時は幸吉と一緒だ」

そう言うと、幸吉は安心したように笑った。

幸吉も子供心にこれからのことを案じていたのだろう。そんな心配を掛けていたことに、おりよはつくづくすまない気がした。

昼の弁当を幸吉と一緒に食べ終えた時、おさわが血相を変えて現れた。

「おりよちゃん。おっ母さん、こっちへ来なかった？」

おさわは鼻の頭にけし粒のような汗を浮かべていた。

「いいえ。おっ姑さんがいなくなったんですか」

「朝から少し様子がおかしかったのさ。ぶつぶつ独り言ばかり言って落ち着かなかったんだよ。あたしが洗濯物を干して家の中に戻ると、おっ母さんの姿が見えなくなっていたのさ。出かける時に持つ杖もなかったよ。あの足じゃ、遠くに行けるはずもないのだけど」

「幸吉、店番しておくれ。おっ母さんは祖母ちゃんを捜しに行くから」

おりよは早口で幸吉に言った。

おりよは、おさわと分かれておすまを捜した。おすまが立ち寄りそうな菓子屋、水菓子屋、八百屋、子供の頃からの友人の家、親戚同様につき合いのある家などに行った。だが、そのいずれにもおすまが訪れた様子はなかった。もしや、足を踏み外して堀にでも落ちたのではないかと、水辺に注意深い眼を向けたが、それらしい姿は見つけられなかった。

そうこうしている内に陽は西へ傾き、時刻は夕方になってしまった。幸吉は、さぞ心細い思いをしているのではないかと気になったが、おすまを見つけ出さなければ広小路には戻れなかった。

自身番に届けて、岡っ引きの親分に助けを求めようかと、おさわと相談していた時、横山町の家の前に辻駕籠が横づけされた。傍につき添っていたのは、順蔵の友人の久五郎だった。久五郎は大工をしている。紺の半纏に、下は股引きという恰好で、仕事の途中で抜け出してきたという感じだった。

「お袋さんを連れて来たぜ。馬喰町の近くをよちよちと歩いていたのよ。おれァ、ちょうど、その近所で仕事をしていたんだ。お袋さんを見掛けて、ははん、こいつは黙って家を出て来たんだなと察しをつけた。ここまで歩かせるのは無理のようだから、勝手に駕籠を頼んじまったが、よかったかい？」

久五郎は迷惑そうな顔もせずに言った。おりよが捜したのは神田堀の南側の浜町方面だった。おすまは反対側を歩いていたらしい。

全くおすまの行動は予想がつかない。

「久五郎さん、お世話になりました。お昼から、ずっと捜していたんですよ。助かりました」

おりよは頭を下げて礼を言った。おさわはすぐさま駕籠舁きに手間賃を払った。駕籠から降りたおすまは、道端で摘んだ草を握っていた。

「おりよちゃん、これを庭に植えておくれ。秋になったらきれいな花が咲くんだよ」

おすまは童女のような笑みを浮かべて言った。おりよがそれを受け取ると、おすまは安心したように家の中へ入った。

「順蔵のお袋、だいぶ惚けがきているようだな」

駕籠舁きが引き上げると、久五郎はぽつりと言った。

「ええ……」

「おかみさんも大変だな。よくやるよ。順蔵が死んじまったというのに」

「仕方がないんですよ。うちの人が亡くなった途端、姑を放り出したと言われたくもないし」

「ま、おかみさんの気持ちはわかるぜ。順蔵もおかみさんと姉さんが傍にいるから、あの世で安心しているだろう」

久五郎はそう言って、しゅんと洟を啜った。

順蔵のことを思い出したのだろう。久五郎の気持ちがおりよは嬉しかった。

「たまに顔を出して下さいな。前は家でよくお酒を飲んだじゃないですか。あたしもあの時は楽しかった」

「ありがとよ。その内に仲間を誘って邪魔するわ。そいじゃ、おれァ、仕事をそのまんまにして来たから、これで引けるぜ。お袋さんから目を離すなよ」

「ええ」

久五郎は小走りに、今来た道を戻って行った。おりよの手にはおすまから渡された草が残った。

体温で暖められたそれは、少ししおれていた。捨てようかとも思ったが、おすまが突然思い出して騒ぎ出したら目も当てられない。

おりよは庭へ回り、縁側の近くの地面に植えた。根がつくかどうかはわからない。細長い楕円形の葉を持つ草だ。何んの花が咲くのか、その時のおりよにはわからなかった。

おすまはそれからも勝手に外へ抜け出すことがあった。その度におりよは商売を放り出して、おすまを捜す始末だった。どうして、ちゃんと見ていないのかと、荒い言葉でおさわを詰ったこともある。売り言葉に買い言葉で、おさわも口を返し、二人の間には険悪な雰囲気が漂うようになった。

おすまは食事をしたことを忘れ、始終、腹が減ったと喚く。おまけに昼と夜の区別もつかなくなり、夜中に「真っ暗だ、真っ暗だ。どうして昼なのに真っ暗なんだ。わたいの眼が見えなくなったよう」と、奇声を発した。

それを宥めるのも容易ではなかった。幸吉を無理やり起こし「あの姉さん」を言わせた。

おすまは、その文句を聞くとおとなしくなったからだ。だが、長くは続かない。今度はおりよが子守唄をうたって聞かせた。

たまに疲れが出て、おりよもおすまに構いたくない時があった。耳を塞いで寝たふりをしたが、おさわは、夜はあんたの番だと言わんばかりに、襖を開けて様子を見に来ることは決してなかった。

おすまが全く歩けなくなり、外へ捜しに行くことがなくなると、今度は泥棒が家に入り込んでくるとか、おさわの亭主が銭箱を持ってとんずらしたとか、訳のわからないことを言うようになった。

「どうしておれが悪者になるんだよう。全くやってられないね」

政吉は苦笑交じりにぼやいた。あまり夜中におすまが喚くと、おさわはたまりかねて、「おりよちゃん、おっ母さんを静かにさせて」と、甲高い声を上げる。おりよは唇を嚙み締め、心の中で誰の親だと思っているんだと悪態をついた。

下が弛み、おすまが粗相をするようになったのは、夏が過ぎた頃からだった。新たな試練がおりよを襲った。晩めしの後に、井戸の傍で汚れ物を洗わなければならない。雨が続いて洗濯物が乾かないと、家の中に紐を渡して、そこへ干す。洗っているのに、どことなく小水の臭いが漂い、幸吉は顔をしかめた。

「我慢おし」

おりよは、そう言うしかなかった。

不思議なことに順蔵の友達がやって来て、「小母さん、姉さんやおかみさんに世話を掛けるんじゃねェよ」と優しく言った時だけ、おすまは粗相もせず、朝までおとなしく寝てくれた。

おりよは、おすまが自分達にはわからない不安を抱えているのだと思った。それに気づいた時、おりよはおすまと一緒の蒲団に寝ることにした。

「おっ母さん、祖母ちゃんに小便引っ掛けられるぜ」

幸吉はおりよを気づかった。

「いいのよ。祖母ちゃんは子供に戻っちまったんだ。あんたも真っ暗な夜が怖いことがあっただろ？」

「そう言われりゃ、そうだな」

「お父っつぁんが一緒に寝てくれただろ？」

「ああ」

「それで安心したろ？　きっと祖母ちゃんも同じ気持ちになっているんだよ」

「おっ母さんは偉いよ」

幸吉は感心したように言う。

「偉かないよ。祖母ちゃんを最後まで面倒見るのが、あたしのつとめだ。なあに、お父っつぁんが見守ってくれてるはずだ。おりよ、がんばれってね。だから、あたし、がんばる」

そう応えたが、つんと鼻の奥が痛くなった。

がんばるのはいつまでだろう。一年か、三年か、十年か。長く果てしもない時間を思って、おりよは途方に暮れる思いだったが、逃げ出すことはできなかった。

五

おりよの兄の女房が広小路の店を訪ねて来たのは、江戸が夏めいて来た頃だった。嫂（あによめ）のおせつは母親に頼まれて、おりよの様子を見に来たのだった。

その日は幸吉が算盤の塾へ出かけていたので、おりよは一人で店番をしていた。糸や針、安簪（やすかんざし）に櫛（くし）、耳搔き、浅草紙、紅、白粉（おしろい）、へちま水。小間物屋商売は利が薄い割には様々な品物を並べておかなければならない。

売り上げは相変わらずだったが、店を開けていれば、通り過ぎる客がふと眼を留めてくれる。売れる売れないにかかわらず、商売は毎日店を開けていることが肝腎なのだと、おりよは悟るようになった。

「お義姉さん、皆んなは変わりない？」

おりよは狭い座敷におせつを招じ入れて訊いた。

「お蔭様で」

「子供達も大きくなったでしょうね。しばらく見ていないから、道ですれ違っても気がつかないかも知れない」

「一番上は、うちの人と一緒に畑をしているけど、二番目と三番目は、よそに奉公に出ているんですよ。でも、その下に三人も小さいのがいるから、あたしもまだまだ手が掛かるの」

おりよが順蔵と所帯を持った後に、おせつはさらに三人の子を産んだ。子がほしくてもできない女がいれば、おせつのように何んの雑作(ぞうさ)もなくぽんぽんと産む女もいる。そこにもおりよは世の中の不公平を感じる。

母親のおせいは年のせいで、もう畑には出ていないという。食事の仕度をしながら孫の面倒を見ているようだ。

幸い、父親は身体が達者で、兄と一緒に畑仕事をしている。

おせつは毎日畑に出ているので陽灼(ひや)けした顔をしていた。久しぶりに外へ出かけられたので、何んだかうきうきして見える。店に並べてある品物にも興味深そうな眼を向けていた。帰りに何か土産に持たせなければならないと思うと、おりよは少し気が重かった。

「あたしはうちのおっ姑さんの世話があるから、今年は押上村のお墓参りにも行けなくて」

おりよは、一応、すまない顔で言った。

「そのことだけどね、おっ姑さんはおりよちゃんのことを大層心配していて、順蔵さんが亡くなったんだから、さっさとこっちへ戻って来ればいいのにと言ってるんですよ」

「そうは行きませんよ。それに押上村に戻っても、どうしようもないし」

「おりよちゃんがおっ姑さんの世話をしてくれるのなら、あたし、助かるんだけど。お舅っつぁんじゃ、役に立たないし」

「おっ母さん、具合が悪いの?」

おりよは驚いておせつを見た。

「少し調子がいいと、すぐに働きたがるの。だけど、決まってその後に寝込んでしまうのよ。その度に医者だ薬だと大騒ぎなのよ。あたし、ほとほと疲れちゃってね」

おせつは、心底弱ったというふうに応えた。

「そうなの。おっ母さんも呑気にしていればいいのに、働き者の性分が仇になって却ってお義姉さんに迷惑を掛けているのね。ごめんなさいね。でも、あたしはうちのおっ姑さんから手が離せないから、やっぱり実家には戻れないの」

「やっぱりそう言うと思ったよ。でも、おりよちゃんはいいよね。食べる心配がないから。うちはもう、かつかつの暮らしなのよ。おりよちゃんが須磨屋さんから幾らか貰って帰って来てくれたら、おっ姑さんもお舅っつぁんも喜ぶと思うけど」

　おせつの理屈におりよは呆れた。

「そんなことできませんよ」

　おりよは俯いて低い声で言った。

「他人の親の面倒を見るより、実の親の面倒を見た方が気楽じゃないのかな。あたしはそう思うけど」

「あたしは押上村の家を出た女ですよ。今さら当てにされても困ります。それに幸吉のこともあるんですよ。あの子は、この店と須磨屋の大事な跡取りだから」

「他人の子に財産をやるなんて、もったいない。どうせなら、うちの子を養子にして貰えばよかったですよ」

「…………」

「少し工面して貰えないかな。おっ姑さんの薬料が嵩んでいるんですよ」

おせつは、その時だけ猫撫で声で言った。

おりよは奥歯を噛み締め、黙ったまま一朱を差し出した。

「あら、これだけ？」

「あたしは財布を渡されている訳じゃないんです。好きに遣えるお金なんてありません」

おりよは怒気（どき）を孕（はら）ませた口調で応えた。

「ま、仕方がないね。うちの人には、これで了簡して貰うしかないよ。さ、あたしもそろそろ帰ろう。あら、この櫛、いいわね。黄楊（つげ）？」

おせつは櫛を取り上げて訊いた。おりよが遠慮しないで持って行ってと言うのを期待していた。普段のおりよならそうしただろう。

だが、その時は違っていた。自分に都合のいい話ばかりをして、おりよの苦労をちっともねぎらってくれないおせつに腹を立てていた。

「ええ。それは三十二文ですよ」

おりよは、にこりともせずに言った。おせつは途端に顔色を変え、櫛を戻すと「お邪魔様」と邪険に言って出て行った。恐らく、押上村に帰ったら、自分の悪口をさんざん並べ立てるだろうと、おりよは思った。

構うものかと思った。母親にはすまないが、今のおりよはおすまの方が大事だった。

算盤の稽古を終えて幸吉が戻って来たのは、そのすぐ後だった。

「今、押上村の伯母ちゃんとすれ違ったけど、伯母ちゃん、様子が変だったぜ。おいらが挨拶しても返事もしやがらねェ。おいらを鬼みてェな面で睨みやがった」

鬼みたいな面というのがふるっている。おりよは思わず噴（ふ）き出した。おせつのどんぐり眼（まなこ）も胡坐（あぐら）をかいた鼻も、そう言えば鬼の面に似たところがあった。怒ったら、なおさらそう見えるだろう。

「人の顔のことを、あれこれお言いでないよ」

おりよは笑いの粒を喉の奥に忍ばせて窘めた。

「おっ母さんだって、そう思っているくせに」

幸吉は悪戯っぽい表情で応える。

「幸吉……」

おりよは幸吉の頭を胸に引き寄せた。

「おっ母さん、あんたが大好き」

「よ、よせやい。人が見ているわな。何んだよ、全く」

幸吉は慌てておりよの身体を押し返したが、その顔はまんざらでもないようだった。幸吉の前髪頭は日向臭かった。

『金兵衛家督をつぎてより、なに不足もなければ、だんだん、おごり長じ、日夜酒宴をのみ事となし、むかしの姿は引かえて、いまはあたまも中剃りを鬢のあたりまでそり、かみの毛をばねずみの尻尾くらいにして本多に結い、きものは黒羽二重ずくめ、帯はびろうどまたは博多織、風通もうるなどと出かけ、あらゆる当世のしゃれをつくせば、類は友をもって集る習いにて、手代の源四郎、たいこ持の万八、座頭の五市など心をあわせ、その名をとりて諸人金々先生ともてはやしけり。そのむかし金むらや金兵衛なれば、ここをせんどとそそなかしける……』

幸吉は貸本屋が持って来た黄表紙を、おすまに読んで聞かせる。おとぎ話に飽きると、おすまは黄表紙を読んで聞かせろとねだった。

黄表紙は、その名の通り、表紙が黄色味を帯びた草双紙のことだが、挿絵が多いので女達に喜ばれた。おすまも若い頃、熱心に黄表紙を読んでいたらしい。

おりよの読みが下手くそだったので、幸吉は自分から「どれ、おいらに任せった。

会話のところは声色にして、幸吉はなかなか上手だった。伊達に高い月謝を払って手習所に通わせている訳ではないとおりよは思った。

幸吉が読み始めると、隣りの部屋にいた政吉とおさわも耳を傾けている様子だった。

「はい、今夜はこれでお仕舞い」

幸吉がおすまに言うと「幸吉、もうちっと先を読んでくんな」と、政吉から催促される始末だった。

今読んでいるのは『金々先生栄花夢』で、恋川春町という戯作者が書いたものだった。

片田舎で暮らしていた金むらや金兵衛が浮世の楽しみを尽くさんと江戸へ出てきて、立ち寄った粟餅屋で、粟餅ができるまでの間、ふと眠気に襲われ、夢を見る。その夢は金兵衛のその後を示唆していた。最後に人間一生の楽しみも粟餅一臼の内かと金兵衛は悟り、そのまま在所に戻るという筋だった。

金に飽かして贅沢をしても、それは所詮、夢のようなもの。夢は、いつかは覚めるのだ。

地道に生きるのが一番と恋川春町は言いたかったのだろう。江戸の庶民にとっては、まことにためになる話だが、当の春町は町人ではなく、武家の男だったらしい。

寛政の時代は白河様（松平定信）のご改革があり、遊里を題材にした本や、ご政道を批判した本を書いた戯作者はお咎めを受けたという。春町もお上から呼び出され、取り調べを受けることとなったが、春町はその前に自ら命を絶ったという。そんな話を貸本屋がしていた。

幸吉が冊子を読む声に耳を傾けていると、おりよは、ささくれ立っていた気持ちが和んでいくのを感じた。おすまは眼を閉じて幸吉の読む声に聞き入り、時々、うくっと小さな笑い声を立てた。

金々先生こと金むらや金兵衛が、あちこちで滑稽な騒動を起こすのが可笑しいのだ。おすまにつられたように政吉が笑う。おさわも笑う。

おりよの胸は温かいもので満たされた。その瞬間、家族の心がひとつになったと思った。

おりよは思わず咽んだ。幸吉は驚いて読むのを止めた。

「なに泣いてんだよ、おっ母さん。泣くような場面じゃねェぜ」

「ごめんなさい。皆んなが笑ってくれたのが嬉しくて……」

おりよは泣き笑いの顔で応えた。

「あれあれ、こっちも泣きが入っている奴がいるよ」

政吉が冗談めかした声で言う。おさわが盛んに洟を啜っていた。

「幸吉の名調子にほだされたんだよ」

おさわは、くぐもった声で応えた。


おりよがおすまと一緒の蒲団で寝るようになってから、おすまが夜中に騒ぐことも少なくなったが、おすまは次第に表情をなくし、滅多に言葉も喋らなくなった。そんなおすまが、おりよは不憫でたまらなかった。

できるだけ笑顔でおすまに話し掛け、気持ちを引き立てようと努めていた。

近所の女房達はおすまの世話をするおりよに好意的な眼を向け、わざわざ広小路までやって来て、糸やへちま水を買ってくれるようになった。そのお蔭で紅蔵屋は、ほんの僅かではあるが売り上げが上向きになっていった。

朝起きると、おりよはおすまの顔を洗ってやり、寝間着を脱がせて着物に着替えさせ、髪を梳いてやる。その間におさわは朝めしの用意を調えてくれる。

政吉と幸吉に先に食べさせ、天気のよい日ならば、庭に蒲団を干す。政吉は朝めしが済むと広小路に出かける。後を追うようにおりよも朝めしを掻き込み、おさわが別に用意した弁当を携え、手早く身仕度して出かける。

弁当はふたつ。おりよと幸吉の分だ。幸吉は手習いと算盤の稽古のある日は、午前中、店番ができない。だが、幸吉は稽古を終えると友達と遊ぶこともせず、まっすぐに広小路へやって来た。幸吉は幸吉なりに母親の役に立ちたいと考えていたのだ。

おすまを中心とする暮らしは、大変なことは大変だったが、ある種の調子を保ちながら、ゆっくりと静かに過ぎていった。おりよは先のことをあまり考えなくなった。今日一日が無事に過ごせたら御(おん)の字だと思えるようになったからだ。それはおさわも同じだったろう。

六

盂蘭盆(うらぼん)が近づいていた。

おりよは幸吉と二人で順蔵の墓参りに行くつもりだった。おさわはおすまの世話で出かけられないし、政吉も見世を抜けられないということだった。檀那寺は浅草にあるので、帰りは久しぶりに幸吉と一緒に蕎麦屋へでも入ろうかと、おりよは算段していた。

家の前に精霊棚を設え、おさわが供え物を用意する朝、おりよはいつものように明六つ（午前六時頃）前に起きた。

「ささ、おっ姑さん。朝ですよ。起きて顔を洗いましょうね」

子供をあやすように声を掛けた。いつもならうんとか、ああとか、ぼんやりした声で応えるのだが、その時に限って返事がなかった。ぐっすり眠っているのだと思い、おりよは先に自分の着替えをして、井戸端で顔を洗った。

おすまに歯磨きをさせるため、房楊枝と水を入れた湯呑を持って戻ると、おさわが金縛りに遭ったように身じろぎもせず、寝ているおすまを見下ろしていた。

傍で幸吉も膝頭を摑んで俯いていた。

「どうしたんですか、お義姉さん」

おりよは怪訝な顔で二人を交互に見た。おさわはおりよに応えず「お前さん、来て！　おっ母さん、死んじまった」と悲鳴のような声を上げた。

「うそ」

おりよは呟くと、おすまをじっと見つめた。

眼を閉じているその顔は、まだ眠っているようにしか思えなかった。信じられなかった。

「お義兄さん、おっ姑さんが死んだなんてうそですよね。眠っているだけでしょう?」

おすまの心ノ臓に耳を押し当てた政吉におりよは訊く。政吉はおすまから耳を離すと、長い吐息をついた。

「盆にお陀仏になるなんざ、後生のいい人だ」

政吉は、しみじみとした口調で言った。

おりよはぺたりと畳に座った。すぐに涙は出なかったが、身体の力がいっぺんに抜けていた。おさわはおすまに縋って声を上げて泣いた。幸吉も腕を眼に押し当てて泣く。

「おりよちゃん、もうひと踏ん張り頼むぜ。おっ姑さんの弔いが終わるまで気を弛めねェでくれよ。お前ェだけが頼りだから」

政吉も涙声でおりよに言った。

おすまの弔いは順蔵の時より、こぢんまりと行なわれた。弔問客は口々におさわとおりよの労をねぎらってくれた。

久五郎も友人達と一緒に通夜に来てくれた。

米沢町の薬種屋の手代をしている作次、米屋を営んでいる卯吉、青物屋の伊勢蔵。皆、子供の頃から順蔵と仲がよかった友人達だった。通夜の後も友人達は残ってくれ、おすまと順蔵の思い出話を語っておりよを慰めてくれた。

「順蔵の奴、お袋さんの面倒を見るおかみさんや姉さんが気の毒で、お袋さんを向こうへ引っ張って行ったんだな。おれはそう思っているよ。あいつは優しい男だからよ」

久五郎がそう言うと、他の友人達は静かに肯いた。

「久五郎さんは、うちの人が、男気が強くて喧嘩っ早いと前に言っていたじゃないの」

おりよは久五郎に酒の酌をしながら小さく反論した。

「喧嘩っ早いのは昔のことだ。だが、男気の強さは死ぬまで変わらなかったぜ。おれァ、師走に仕事が切れて、正月の餅も買えなくなったことがあったのよ。切羽詰まって順蔵に無心した。あいつはいやな顔もせずに都合してくれたよ。あいつだって、広小路に床見世を出したばかりで、余分な金は持っていなかったのによ。後で聞いたら、手前ェの紋付羽織を質屋に持って行ったそうだ。うっかりして流しちまったと笑っていた。おれ、ありがたくて、ありがたくて泣けたよ」

久五郎は赤い眼をして言った。

「皆さん、飲んで下さいまし。うちの人も皆さんとお友達で倖せだったと思うの」

おりよは胸を詰まらせながら男達に酌をした。

「盆の少し前に、おれは順蔵の夢を見たよ。あいつ、にこにこ笑って、伊勢蔵、色々世話になったが、もう気掛かりはなくなったと言ったのよ。何んのことかわからなかったが、お袋さんのことを聞いて、ああ、これだったのかと合点したのよ」

青物屋の伊勢蔵はそんなことを言った。

「おかみさんも姉さんも、よくやった。大したもんだ」

久五郎は酔いも手伝って、その夜は何度もおりよとおさわを褒め上げるのだった。

「おりよちゃん、いい加減、しゃんとおしよ」

おさわがいらいらした声で言った。

「お義姉さんこそ」

おりよは低い声で口を返した。おすまの四十九日も済んだというのに、おりよは気が抜けたまま身体に力が入らなかった。

おすまの身の周りの整理をし、寝ていた蒲団は屑屋に下げ渡した。おさわはおりよに新しい蒲団を誂(あつら)えてくれたが、長くおすまと二人で寝ていたので、一人で眠ることにまだ慣れなかった。元気が出ないのは寝不足のせいかも知れなかった。

「広小路の店も幸吉任せにして悪い母親だよ」

おさわはちくりと嫌味を言う。

「お義姉さんこそ、そろそろ須磨屋に顔を出して茶酌女(ちゃくみむすめ)に睨みを利かせたら?」

「憎らしい」

おさわは、きゅっとおりよを睨むと茶を淹(い)れ始めた。おりよは縁側の傍に座って庭を眺めていた。

「あい、お茶」

盆に湯呑をのせて、おさわはおりよの傍にやって来た。

「ありがとう、お義姉さん」

おりよはその時だけ、殊勝に礼を言った。

しばらくは何も言わず、二人は黙って茶を啜っていた。

「おっ姑さん、うちの人の傍に行けたかしら」

おりよは、ふと思い出して、独り言のように呟いた。

「ええ、多分ね。順蔵、きっと三途の川の前でおっ母さんを待っていたはずよ」

「あたしだけ、置いてけ堀」

「あんたにはまだ仕事があるもの。幸吉を一人前にするまでは死ねるものか」

「………」

「おっ母さんのお弔いでばたばたしている内に、いやね、もう秋よ」

おさわはくさくさした表情で言う。

「でも、今日はよいお天気だこと」

おりよは眩しい陽射しに眼を細めた。庭のもの干し竿には幸吉の下帯と政吉の襦袢(じゅばん)、おさわとおりよの湯文字(ゆもじ)が秋の風に翻(ひるがえ)っていた。

そこにおすまの洗濯物はない。おすまの不在を、そんな時に強く感じる。

「あら」

おりよは沓脱石(くつぬぎいし)の傍に眼を留めた。青紫色の花が一斉に咲いていたのだ。

「お義姉さん、見て。見慣れない花が咲いているんですよ」

「見慣れない花？」

怪訝な顔でおさわも庭に眼を向けた。

「この花、野紺菊(のこんぎく)じゃないの。どうしてこんな所に咲いているのかしら」

おさわは不思議そうに言う。

「のこんぎくですか」

おりよは花の名を確かめるように言った。

「そう、秋から冬に掛けて咲くのよ。多年草だから、きっと来年も咲くはずよ。この近所じゃ見掛けないけど、野山に行けば、どこにでも咲いている花よ」

紺色というより、紫色がかった花は真ん中に筒状の黄色い芯をつけている。鼻を近づけると、爽やかな香りがした。

おすまが草を摘んで来ておりよに植えさせたことを、ふと思い出す。あれがこれだったのだろうか。しかし、それなら去年も咲いていたはずだが、おりよは気づかなかった。おすまの世話に掛かり切りで、周りのことが眼に入らなかったせいかも知れない。

二尺ほどに伸びた野紺菊は、秋の陽射しを受け、青紫色を際立たせていた。それは順蔵が自分に礼を述べているようにも思えた。

順蔵は花の好きな男だったから、なおさらそう思えたのだろう。

「この花が好き……」

呟いたおりよに、おさわは「あたしも」と相槌を打った。

振り向かないで

一

　一膳めし屋「ふくべ」は、日中は独り者の男達が昼めしを食べるために利用される店だが、暮六つ（午後六時頃）を過ぎると、仕事帰りの職人達が一人、二人と現れる。ふくべは夜になると酒を出す店でもあった。

　別に示し合わせなくても、ふくべに行けば、常連客なら必ず知った顔に出くわした。

「お、早エじゃねエか」

　職人ふうの男が入って来て、衝立を背にして酒を飲んでいた男の客に声を掛けた。

「なあに、今日は七つ（午後四時頃）で仕事のけりがついたのよ。明日から芝へ遠出だ。湯屋へ行き、さっぱりしたところで、ここへ来たわな」

「そうか、芝か。ちょいとてェへんだな。だが、お前ェのところは仕事が続くからいいよ。おれんところは正月からこっち、一日仕事だの、三日仕事だのと、小せェ現場ばかりで銭にならねエわな」

後から来た客は隣りの席に腰を下ろして、自分も酒を注文する。二人とも大工を生業（なりわい）にしていて、先に来た客は留次（とめじ）、後から来たのは卯平（うへい）という名だった。

「それにしては、さほど顔色は悪くねェぜ」

留次は冗談めかして言う。

「へん、おれが顔色の悪くなったためしがあったか」

「ねェか？」

「そりゃあ、たまには……」

そこで留次は噴（ふ）き出し、自分のちろりを傾けて卯平に酌をする。ちろりは下町の飲み屋で使われる酒の入った容器のことだ。今夜の突き出しは蕗（ふき）と蒲鉾（かまぼこ）の炊き合わせである。蒲鉾はふくべの亭主が魚屋から安い魚を仕入れ、骨を外して身を細かく包丁で叩いて拵（こしら）えたものだ。ほどなく、卯平のちろりも運ばれてくると、お返しに留次へ酌をする。それから差しつ差されつ、ささやかな酒宴が続く。

間口二間（まぐちにけん）の店の中は縁（へり）のない畳を敷いた座敷が巾（はば）を利（き）かせており、間に衝立が幾つか置かれている。仲間内（うち）の宴会ともなれば、その衝立は取り外されて広間に変わる仕組みだ。

とは言え、座敷は十畳そこそこだから、客が十五人も座れば満杯状態となる。

天井から八間（大きな吊るし行灯）が下がり、客達の顔を茜色に照らす。店の奥に間仕切りの紺の暖簾が下がり、その向こうが板場となっている。通路を挟んで、座敷の反対側に飯台があり、割り箸を入れた竹の筒やら、醤油差しやら、招き猫やらが無造作に置かれていた。

飯台の前には絣の小座蒲団を敷いた醤油樽が置かれていたが、ふくべの客は滅多にそちらへ座ることはなかった。

いつも座っているのは巳之吉という三十二歳の男だった。巳之吉も、やはり大工をしているので、留次や卯平とは普請現場で顔を合わせることもあるが、親しい口を利くほどの仲ではなかった。巳之吉は十日に一度ほど店を訪れると、ちろり一本の酒に突き出しの肴だけで看板になる四つ（午後十時頃）まで、ゆっくりと飲んでいる。他の客達とはあまり言葉を交わさない。けれど、声を掛けられたら当たり障りのない返答ぐらいはする。

常連客は巳之吉が一人で飲むのが好きなのだと解釈しているようだ。その方が巳之吉にとっても気が楽だったはずだ。下手に親しくなって都合の悪いことが起きないとも限らない。

その夜も巳之吉は座敷の客達に背を向けて、うっそりと酒を啜っていた。

板場に続く間仕切りの暖簾の傍でお運びの小女が二人、丸盆を抱えて立っていた。一人は十七歳のおさよで、おさよはふくべの亭主の娘だった。もう一人は、小女と言うのもどうかと思えるような二十七歳のおくらである。

おさよは夜の五つ（午後八時頃）を過ぎると眠そうな顔になるが、おくらは反対に眼の光が強くなる。おくらは飯台の隅で酒を飲む巳之吉を時々、じっと見つめていた。

「姐さん、お酒、もう一本」

客の注文が入ると、おくらは満面に笑みを浮かべ「あいよ」と、威勢よく応えた。客に酒を運ぶと、そのついでに巳之吉の傍に寄り「お酒、もういい？」と訊く。

「ああ」

巳之吉は、だるそうに応える。お愛想に酌をして周りを見回す。大丈夫、誰もおくらと巳之吉を気にしている者はいない。あと一刻（約二時間）。おくらは店仕舞いの時刻を焦がれるように待ち構えていた。

五つ過ぎに芝へ遠出をするという留次が帰り、それから半刻後に常連客のあらかたが引き上げた。

　客の飲み散らかした食器を片づけていると、ふくべの亭主が「おくらさん、もう引けていいぜ。後はこっちでやるからよ」と声を掛けた。

「そうですか、そいじゃ」

　おくらは前垂れと襷を外し、くるくると手許で纏めた。思っていたより早く帰ることができて、おくらは嬉しさのあまり頬が上気するのを覚えた。残っていた客に挨拶をすると急ぎ足で店を出た。

　ふくべは神田堀に架かる栄橋のたもとにある。夜のことで川の流れは闇に溶けているが、微かな水音は聞こえた。おくらは店を出ると、富沢町の通りを西へ向かい、長谷川町の住まいに戻った。

　小さな仕舞屋ふうの平屋は、おくらの亡くなった父親が残してくれたものだ。

　裏口の鍵を開け、中へ入ると手早く行灯に灯を入れた。心ノ臓がどきどきする。おくらは裏口の戸を、息を詰めるようにして見つめた。

　ほどなく、戸ががたぴしと鳴り、巳之吉は口許に拳を当てて空咳をしながら入って来た。

「今夜は何んて？」

何んと言って家を出て来たのかと、おくらは訊いた。巳之吉は薄く笑い「ダチとちょっと飲んでくると言ったよ」と応えた。巳之吉は優男(やさおとこ)の部類に入るが、引っ込み思案で口数の少ない男である。何を考えているのかわからないと言う者もいた。

「そう……」

おくらは立ち上がり、巳之吉の首に両手を回し、きつく口を吸った。巳之吉は息苦しさを覚えて、うッと呻(うめ)いた。それが可笑(おか)しくて、おくらは口を離すと、こもったような笑い声を立てた。

「お腹(なか)は空いていない？　お茶漬けぐらいは拵えるよ」

「いや、いい。晩めしは喰った」

「おけいちゃん、料理上手ですものね」

「皮肉はよしねェ」

巳之吉はさり気なく制した。

「それより、お前(め)ェの腹ごしらえはいいのか」

巳之吉は続ける。

「いいの。みのさんの顔を見たら、胸がいっぱいで、何も食べる気がしない」

「相変わらず、口がうめェや」

「本当よ、本当だったら」

おくらは言いながら、今度は巳之吉の腰に腕を回す。そのまま二人は、もつれるように奥の間の蒲団の上に倒れ込んだ。

「不義密通は重罪だぜ。おくらは引き廻しの上に獄門だ」

巳之吉の眼が夜目にも光って見える。

「そうなったら、みのさんもご同様。馬上で背中合わせになって引き廻されるんだ。見物人から、ひとでなしと悪態をつかれて石を投げられる。でも、きっと、あたしは滅法界もなく倖せな気分だろうよ」

おくらはうっとりとして応える。町人の色恋沙汰で引き廻しや獄門など、ある訳もないのだが、二人は大袈裟なことを言い合って気持ちを昂ぶらせる。

「本当にそれでもいいのか」

巳之吉は、くぐもった声で訊きながら、おくらの帯止めを解く。それから帯を、それからしごきや腰紐を。

肌襦袢と赤い湯文字になると、巳之吉も着物を脱ぎ、下帯ひとつでおくらの身体に自分の身体を重ねた。堅く引き締まった身体の巳之吉に抱き締められると、おくらは身も世もない気持ちになる。

脚を高く上げ、派手な声を出すと、巳之吉は堅く眼を瞑る。それは欲情を堪えるようでもあったが、目の前のおくらをわざと見ないふりをしているようにも思えた。

二

おくらは五人きょうだいの末っ子として生まれた。上はすべて男で、兄達は年頃になると、それぞれに奉公に出て家を離れた。

十歳の時に母親が病で死んでから、おくらはずっと父親と二人暮らしをしていた。父親の卓蔵は振り売りの青物屋だった。おくらは毎日、父親のために弁当を拵えて送り出すと、近所の裁縫の師匠の所へ通って稽古をしていた。おけいとは、その裁縫の師匠の家で知り合った。高砂町の下駄職人の娘だったおけいは、おくらと同じように末っ子だった。その共通するものがおけいと親しくなったきっかけである。しかし、おけいには母親がいた。母親のいるおけいが、おくらは羨ましくてならなかった。卓蔵はおくらを可愛がってくれるが、女親のようにはいかなかったからだ。

　おけいの母親のおきみは、そんなおくらに同情して何かと気を遣ってくれた。晩めしの煮物を届けてくれるのは、しょっちゅうだったし、縁日があるとおくらも一緒に連れて行ってくれた。卓蔵は娘が世話になっていることを知っていたから、青物が売れ残った時は、持って行ってやんなと言った。

　おけいはよい友達だった。当時はおけいがいなければ夜も日も明けないと思っていたほどだ。裁縫の稽古を終えれば、おけいを自分の家に呼んで、暮六つ（午後六時頃）の鐘が鳴るまで一緒に遊んでいた。湯屋も一緒、浴衣も着物もお揃いにした。あの頃は男なんていらなかったなあと、おくらは思う。毎日が楽しくて、さして理由もないのに二人で笑ってばかりいた。箸が転んでも可笑しい年頃だった。

　おけいが父親のつてで履物問屋に女中奉公に出ても、おくらは相変わらず家にいて、卓蔵の食事の仕度や洗濯をこなしていた。

　年に二度ある藪入りには、おけいは必ずおくらを訪ねて来た。その時ばかりは二人で汁粉屋へ行ったり、両国広小路の見世物小屋を覗いたりして過ごした。しばらく会わなくても、友達だと思う気持ちはお互いに変わらなかったと思う。

卓蔵が労咳（ろうがい）で倒れたのは、おくらが十六歳の春だった。四人の兄達には知らせたけれど、嫂（あによめ）は誰一人として看病に訪れることはなかった。病に苦しむ卓蔵を看病しながら、おくらは心細さで何度泣いたか知れない。おけいの母親のおきみが三日に一度ほど顔を出してくれるのだけが、おくらの慰めだった。

卓蔵は半年寝ついて、とうとう帰らぬ人となった。弔（とむら）いが終わると、一番上の兄は当然のように長谷川町の家を要求した。おくらは泣きながら喰って掛かった。兄さんが何をしてくれたと言うのかと。

おくらの剣幕（けんまく）が激しかったのと、他の兄達がおくらに同情したこともあって、とり敢（あ）えず、家だけはおくらの物になった。

だが、それからは一人で働いて生きて行かねばならなかった。おきみの世話で米屋の女中の口を見つけたが、そこは三カ月と続かなかった。店の番頭が夜中におくらの部屋へやって来て、無理やり手ごめにしようとしたからだ。言うことを聞かないでいると、日中は、ひどい意地悪をしておくらを困らせた。

おくらは気の強い性分だったから、店の旦那とお内儀（かみ）に洗いざらいぶちまけた。おくらはつかの間、溜飲を下げたが、そのまま勤めを続けることはできなかった。悪いのは番頭なのに、他の奉公人はまるでおくらが誘いを掛けたかのように白い眼で見たからだ。

それからおくらは、両国広小路の水茶屋へ奉公した。

見世に通ってくる客の一人がおくらに好いたそぶりを見せるようになったのは、勤め始めてひと月も経たない頃だった。浅草の佃煮屋の息子で、当時、二十七、八の善太郎という男だった。すでに妻子がいたが、善太郎は度々、おくらに誘いを掛けた。鰻屋でめしを食べたのが始まりで、それから川遊びや、もみじ狩りにも一緒に行った。善太郎はおくらの好みそうな櫛や簪も届けてくれた。それが男の手であるとは、つゆほども考えなかった。

世間知らずの若い娘は、目先の物に心を奪われた。今まで、そのようなことは、されたことがなかったからだ。善太郎と深間になるのに、そう時間が掛からなかったと思う。それからは、おくらがねだれば着物でも帯でも善太郎は買ってくれた。見世の茶酌女達は眉をひそめたが、おくらは気にしなかった。金持ちの男に庇護されている自分が得意だった。

しかし、善太郎との仲は一年後に終わりとなった。善太郎の女房が血相を変えておくらの勤めていた見世に訪れ、おくらはその女房から髪を摑まれて、引き摺り回された。騒ぎで見世の周りには人垣ができた。しかし、誰もおくらに同情する者はいなかった。

おくらは、その水茶屋も辞め、しばらくは長谷川町の家にこもっていた。善太郎は女房が恐ろしいのか、それから訪ねてくることはなかった。

一度だけ、両国橋で善太郎とすれ違ったことがある。善太郎は、一目で素人ではなさそうな女と一緒だった。

「善さん……」

おくらは切羽詰まった声で呼び掛けた。

「おや、元気だったかい」

善太郎は気軽な声で応えたが、その眼はおくらに対して、何んの興味もないという感じだった。立ち止まりもしなかった。

「誰？」

連れの女が訊いた時、「誰だったかな。忘れちまったよ」と、しゃらりと応えた。おくらは、その瞬間、頭へ血が昇り、後を追い掛けて、思いっ切り善太郎の頰を張ってやった。

「何しやがる、この引き摺りあま！」

善太郎の口汚い言葉が心底こたえた。おくらは足早にその場を離れたが、悔しさで涙がこぼれた。心底惚れているのは、お前だけだと甘い言葉を囁いた男が、今は他人よりも冷たい眼で自分を突き放す。男なんて、決して信じるものかと、おくらは堅く自分に言い聞かせた。

　おけいは母親から、それとなくおくらの噂を聞いていたのだろう。履物問屋の奉公が続く内に、外へ使いに出るようになったおけいは、ある日、使いの帰りにおくらの家へ顔を出した。

　おくらはもちろん、とても嬉しくて「上がって。お茶でも淹れるよ」と張り切って言った。

「ううん、そうしてもいられない。ちょっと、おくらちゃんのことが心配だったから」

　おけいは上がり框に腰を下ろして応えた。

　真面目に奉公している様子は、おけいの恰好からも窺えた。地味な着物を着ていたが、髪はきれいに結い、銀の簪まで挿している。

　店からいただく給金で、おけいは身の周りのものを少しずつ揃えているようだ。堅実に生きているおけいと自分との差を、おくらは、いやでも実感しない訳にはいかなかった。

「小母さんから色々、聞いているのでしょう？」

おくらはおけいの視線を避けて言った。

「おくらちゃんは独りぼっちだから、寂しかったのよね。小言を言う人もいなかったし」

無理もなかろうと、おけいは同情してくれた。おくらは思わず涙ぐんだ。

「あたしが傍についていたら、話を聞いてあげられたのに、ごめんなさいね」

「ううん。おけいちゃんのせいじゃない。皆んな、あたしの身から出た錆よ」

「広小路の水茶屋を辞めてから、ずっと働いていないの？」

「ええ……悪い噂が流れたので、どこもあたしなんて雇ってくれないの。着物や帯を質屋に曲げて喰い繋いでいるありさまよ。いっそ、切見世（最下級の遊女屋）にでも行こうかなんて考えているの」

「駄目よ、それだけは駄目！」

その時だけ、おけいは厳しい表情で制した。

「でも、このままじゃ、どうすることもできないのよ。前に小母さんがお世話してくれた米屋さんだって、続けることはできなかったし」

「ううん。あれは、よく調べもしないで米屋さんに口を利いたおっ母さんの早とちりよ。おっ母さん、おくらちゃんにすまないって悔やんでいるの。まさか番頭さんが、おくらちゃんに言い寄るなんて思ってもいなかったから」

「小母さん、あたしのことを恨んでいないの？」

おくらは驚いて訊いた。

「恨むもんですか。おくらちゃんが悪いのじゃないもの」

「そう……」

おくらはそれを聞いて少し気が楽になった。

「ものは相談だけど、うちの店、女中さんを探しているのよ。と言っても、ご隠居さんのお世話なの。旦那さんのおっ母さんなのよ。足が悪くて身の周りのことがご不自由なの。お内儀(かみ)さんは、お得意様の接待で忙しいから、満足にお世話ができないの。この間まで、おつきの女中さんがいたのだけど、その女中さんはお嫁に行くので、お店を辞めちまったのよ。あたし、心当たりがあるとお内儀さんに言ったら、是非とも話をしてくれって」

「おけいちゃん」

おけいの親切が嬉しくて、おくらは胸が熱くなった。

「後で、おくらちゃんのことで、ごたごた言われるのはいやだから、悪いけど、差し障りのない程度におくらちゃんの事情は話しておいたの。お内儀さんは真面目に働いてくれるのなら、前のことは気にしないって」

「ありがとう、本当にありがとう」

おくらは深々と頭を下げた。

「いやだ。友達にお礼なんていらないよ。じゃ、承知してくれるのね」

おけいは晴々とした顔で言った。

「ええ」

「これからお店に戻って、早ければ明日にでも、もう一度来るよ。そしたら、お内儀さんにご挨拶に行こ？」

「わかった。待っている」

おくらは夜が明けたような気持ちで応えた。

おくらはそれから履物問屋「備前屋」に奉公することができた。備前屋の女隠居は鷹揚な人柄だったので、世話をすることは苦痛でなかった。母親や祖母との縁が薄かったので、おくらは女隠居のおふねを実の祖母のように慕った。

おくらは初めて働く喜びを感じたし、おけいとひとつ屋根の下で暮らせることも嬉しかった。

しかし、楽しい奉公は、そう長くは続かなかった。二人が十九歳になった時、おけいに縁談が持ち上がったからだ。

おけいの相手が大工の巳之吉だった。巳之吉は三男坊だったので、おけいが自分の家に入ることを頼むと、快く承知したという。おけいの兄は呉服屋に勤めていたが、上方の本店へ家族ともども向かい、江戸から離れている。家には年老いたおけいの両親がいた。他のきょうだいも、それぞれに家を離れていたので、末っ子のおけいは両親を置いて嫁入りすることができなかったのだ。

その話をおけいから打ち明けられた時、おくらは一抹の寂しさを感じた。しかし、反対することは、もちろんできなかった。おくらは「よかったね、おけいちゃん」と、満面の笑みで言ったが、内心は暗澹たる気持ちだった。

おけいの祝言にはおくらも出席した。おふねが行っておいでと優しく言ってくれたからだ。それればかりでなく、おふねが若い頃に着た晴れ着も進呈してくれた。晴れ着を着て、化粧をすると、店の者は、どこのお嬢様かと思ったと褒めてくれた。おくらは久しぶりに気持ちが弾んだけれど、花嫁衣裳に身を包んだおけいを見た途端、その気持ちは萎えた。

おけいはきれいだった。とてつもなく。恐らく、それがおけいに嫉妬した最初のことだったろう。亭主の巳之吉もやけに男前に見えた。おけいは女の倖せを確実に摑もうとしていた。

自分は一生、花嫁衣裳に身を包むことはないのだと、おくらは思った。他の男に身を任せた娘など、誰が嫁にするだろう。おくらは自分が今までやって来たことを初めて後悔した。

おけいのいなくなった備前屋は、ぽっかり穴の開いた気分だった。しかし、相変わらずおふねは自分を頼りにしてくれたので、おくらは、なるべく余計なことは考えずにおふねの世話をするよう努めた。

そうして、二年、三年と時が過ぎたが、おふねは寄る年波に勝てず、床に就く羽目となった。心ノ臓も相当に弱っていたようで、おくらの看病も空しく、とうとうおふねは亡くなってしまった。

おふねがいなくなると、備前屋におくらの居場所もなくなった。もともとおふねの世話をするために雇われたから、他の仕事は思うようにこなせなかった。台所仕事の女中は決まっていたので、おくらはしばらくして備前屋を辞めた。旦那もお内儀も引き留めなかった。おくらが辞めるのを待っていたようにも感じられた。

おけいにそのことを伝えに行ったが、おけいは次々に生まれた三人の子どもの世話に追われ、まともにおくらの話に耳を傾ける余裕もなかった。所帯やつれの目立つおけいは、かつてのおけいではなかった。おくらは、そんなおけいに鼻白み、そそくさと暇乞(いとまご)いした。

おけいと自分は仲のよい友達だった。しかし、女は人の女房になり、母親となると、友達よりも家族のことが大事になる。仕方のないことと思いながら、おくらは寂しかった。もう、おけいとは昔のように親しくできないだろうとも思った。その通り、近所に住んでいても、それからおけいと行き来することは、あまりなかった。

三

備前屋を辞めて半年後に馬喰町(ばくろちょう)の口入れ屋（周旋業）から紹介されたのがふくべである。

奉公する店に恵まれたのは、おくらにとって幸いだった。とり敢えず、働いていれば干乾しになることはない。備前屋に奉公していた時に貯めた金もあったので、おくらは気楽な独り暮らしを続けていた。時々、店の客となりゆきで枕を並べる夜もあったが、そんな客とは長続きする訳もなかった。

おくらがふくべに勤め出して、一年ほど経った頃、巳之吉が兄貴分に誘われて、ふくべに現れた。

何んでも普請現場で建て前があり、家主から祝い酒を振る舞われたのだが、二人は飲み足りずに、ちょうど眼にとまったふくべの縄暖簾を掻き分けたらしかった。

おくらはすぐにおけいの亭主だと気づいたが、巳之吉はおくらの顔を覚えていなかった。

五つ過ぎまで飲んで、兄貴分の男が引き上げても、巳之吉はしばらく店に残って、ゆっくりと酒を飲んでいた。

「今日は建て前だったのでしょう？　お土産もあるから早く帰らなくていいの」

おくらは巳之吉の傍らに置いてあった風呂敷包みを見ながら声を掛けた。風呂敷包みの中には料理の入った折り詰めだの、餅だのが入っているはずである。

「餓鬼どもがうるさくってよう、寝た頃に帰ろうと思っているのよ」

巳之吉は、さも煩わしいという表情で応えた。

「自分の子供でしょうに」

「なあに、おれァ、もともと子供好きじゃねェのよ。だが、所帯を持った途端、嬶ァがぽんぽん産みやがる。めしを喰っても、背中に入ったようで喰った気がしねェよ」

「悪い人。そんなことを言ったら、おけいちゃんが可哀想よ」

おくらは咎めるように言った。

「うちの嬶ァを知っているのかい」

巳之吉は驚いておくらの顔を見た。

「子供の頃からの友達よ」

「こいつァ……」

「あたし、祝言にも出たのよ。覚えていない？」

「悪いが、とんと覚えちゃいねェ。すまねェな」

「ううん。別に気にしない。おかみさんの友達の顔なんて、男はいちいち覚えちゃいないものですよね」

おくらはそう言って、巳之吉に酌をした。

「今夜、ここで飲んだことは、おけいに内緒にしてくれよ」

巳之吉は、ふと思い出したように釘を刺した。

「どうして？　女の人と逢引していた訳じゃないのだから、構わないと思うけど」

「いや、手前ェは朝から晩まで親と餓鬼の世話に追われているのに、お前さんは、のうのうと息抜きをしているのかと嫌味を言うんでね」

「おや、まあ。おけいちゃんらしくもない」

「最初はおとなしくて可愛い娘だと思っていたんだが、こう、餓鬼ができた途端、化けの皮が剝がれたわな」

巳之吉の悪態を、なぜかおくらは小気味よい気持ちで聞いた。

その夜は、巳之吉はそのまま引き上げたが、しばらくすると再び、ふくべに顔を出した。おくらと話をすると、気が清々するのだと、巳之吉はお世辞でもなく言った。

おくらはもちろん、友達の亭主を寝取るつもりはなかった。おけいを不幸にしようとも思わなかった。だが、気がつけば、おくらは巳之吉と理ない仲になっていたのだ。二人の関係を他人に知られてはならない。特におけいには決して。巳之吉もおくらも、それは堅く肝に銘じていた。おけいは半狂乱になるだろう。刃物沙汰になるかも知れない。何より、おくらはおけいに嫌われることを心底恐れていた。

人目を忍ぶ関係が三年ほど続いていたが、二人は慎重に行動していたので、噂になることはなかった。なかった、とおくらは思いたかった。

しかし、女房の勘は侮れなかった。巳之吉と夜を共にした翌朝、おくらは天気がよかったので、蒲団を干し、肌着などを洗った。

午後からは湯屋へ行き、髪を結い直し、化粧をして、夕方にふくべに行くつもりだった。

「おくらちゃん、いる?」

土間口から女の声がした。出て行くと、おけいが下の子をおんぶして立っていた。

「あら、珍しいこと。どうしたの」

おくらは後ろめたさを笑顔でごまかして訊いた。

「ちょっと、話を聞いてほしいのよ」

そう言ったおけいの表情が切羽詰まって見えた。おくらは胸がひやりとした。もしかしたら、巳之吉とのことが、ばれたのではないかと思った。

「何かしら」

おくらは相変わらず笑顔で訊いた。

「上がってもいい？」

「いいけど、あたし、あまり時間がないのよ。今夜は宴会が入っているから、早めにお店に行かなきゃならないのよ」

鳶職の連中が寄合を持つので、酒と肴の用意を頼まれていたのは本当だった。

「手間はとらせないから」

おけいは縋るように言った。おけいと三番目の子供のおみわを中へ招じ入れると、おくらは、おみわに買い置きの煎餅を与え、おけいには茶を淹れた。

「それで話って、何？」

おくらは、おけいの表情を窺うように訊いた。

「ええ。おくらちゃん、これは内緒の話よ。誰にも言わないでね」

おけいは最初に念を押した。おくらは黙って肯いた。

「こんなこと話せるのは、おくらちゃんだけなの。あたし、普段は家のことにかまけていて、ろくにおくらちゃんともおつき合いしていないから、勝手な女だと思うかも知れないけど」

「ううん、そんなこと、ちっとも」

「ありがとう。実はね、うちの人に、どうも女がいる様子なの」

「……」

「時々、夜になってから、ふらりと外へ出て行って、かなり遅くまで戻ってこないのよ。友達と飲んでいたなんて言うのだけど、うちの人、お酒はつき合い程度で、普段は飲まないのよ。この間、その友達に買い物の途中で、ばったり会ったから、いつもお世話になっておりますって、挨拶したのよ。そうしたら、巳之吉は元気かいって訊くの。半年ほど顔を見ていないから、どうしているのかと気にしていたんですって。あたし、驚いてしまって。それで、うちの人がうそを言って出かけているって気づいたのよ」

「それまで、何も気づかなかったの？」

「ええ。つゆほども疑ったことはなかった。まあ、入り婿（むこ）のような形で家に来て貰ったから、色々、気詰まりなこともあったと思うのだけど」

おけいは、亭主の相手がおくらであるとは微塵（みじん）も考えていなかった。ほっとすると同時に、後ろめたさは募る。

「別れ話を匂わせたことなんて、あった？」

親身に話を聞くふりをして、おくらは言った。

「いいえ」

「なら、大丈夫だと思うよ。おけいちゃんとの間に子供が三人もできたのですもの」

そう言うと、おけいは皮肉な表情を見せ、「三人じゃなくて、もうすぐ四人よ」と応えた。

そう言われて、おけいの下腹がぷっくりと膨れているのに気づいた。巳之吉はおくらとのつき合いは別にして、子種の仕込みは抜かりなくしているらしい。夫婦なら不思議はないと思いながら、おくらは冷水を浴びせられたような気持ちだった。

「それじゃ、おけいちゃんは気が気じゃないでしょうね」

おくらは同情する表情で言った。

「うちの人のことで、何か気づいたことはない？　ふくべさんで、女の人と一緒のところを見たとか」

おけいは必死の形相だった。そんなおけいが、おくらには哀れに思えた。

「巳之吉さんは、たまにうちの店に来るけど、仕事仲間の人と一緒か、一人でいることが多いわね。女の人と一緒というのは、ちょっと覚えがないのよ」

おくらは胸をひやひやさせながら応えた。

「一人で飲んでいたですって？　それ、本当のこと？」

しかし、おけいはさらに突っ込んで訊く。

「ええ……」

「うちの人が一人でお酒を飲むなんて、考えられない。きっと、その後で、女の人と落ち合うんだ」

「あたしは時刻になると先に帰るから、後のことは知らないのよ」

「ふくべさんの旦那さんか、おかみさんは何か言っていなかった？」

「別に……そんなに気になるなら、巳之吉さんに、直に訊いてみたらいいのじゃない？」

おくらはおけいの話を早く終わりにしたくて言った。だが、おけいは力なく首を振った。

「それはできない。はっきりうちの人の口から聞くのが怖いの。無理に白状させせたら、あたしと子供達を置いて出て行くかも知れない。そんなこと考えると気がおかしくなりそう」

おけいは言いながら洟（はな）を啜った。

「おけいちゃん、浮気なら時がくれば収まるよ」

「本当に本当？」

おけいは子供のような口調で問い返す。

「ええ。下手に騒いで、巳之吉さんを白けさせても困る。ここは見て見ないふりをしていることよ」

おくらは、おけいのほつれ毛を撫で上げながら言った。自分は何んという罪深い女だろう。身重の友達をこれほど苦しめて。自分は死んだら間違いなく地獄へ落ちるだろうと、おくらは思った。

「ありがと。おくらちゃんに打ち明けて、少し気が楽になった。あたし、おとなしくして、様子を見ているよ」

おけいは、ようやく笑顔を見せると、眠そうな顔をしたおみわをおぶって帰って行った。

おけいが帰ると、おくらは、どっと疲れを覚えた。

（そろそろ潮時かなあ……）

おくらは他人事のように胸で呟いた。

四

しかし、それからもおくらは巳之吉との関係を、すっぱり断ち切ることはできなかった。

おくらが覚悟を決めても、巳之吉が承知しなかった。未練があったのは巳之吉の方だったのかも知れない。そのために、つまらない痴話喧嘩が続いていた。煩わしいと思っても、巳之吉の顔を見ると、おくらも邪険に追い返すことはできない。腐れ縁とは、自分と巳之吉を指す言葉だと、おくらは皮肉な気持ちで思っていた。

そろそろ、巳之吉がやって来そうな夜、ふくべは宴会でもないのに客が立て込み、座敷の席は塞がっていた。おくらは、おさよと一緒に板場と座敷を頻繁に行き来して、肴や酒を運んだ。それでも手が足りないので、普段は内所（経営者の居室）にこもっているおさよの母親までお運びに駆り出されるありさまだった。

そこへ、ふらりと羽織姿の若者が入って来た。おくらが初めて見る顔だった。羽織を着ているところは、裕福な家の息子に思われた。

若者は客の多さにたじろぎ、少しの間、戸口の傍に、つくねんと立っていた。

「お一人ですか」

おくらは若者に気づくと、笑顔で訊いた。

「あ、ああ。でも席はあるかな。ちょっと一杯飲みたいだけなんだけど」

若者の口調に甘えたものが感じられた。つるりとした肌をしていたので、二十歳を幾つか過ぎた程度の年頃に思える。

「あいにく、そちらの飯台の前しかありませんが、よろしいでしょうか」

「何でもいいよ」

若者は面倒臭そうに応えた。おくらは、いつも巳之吉が座っている席に案内した。

燗のついたちろりと、突き出しの浅蜊の佃煮を運ぶと、おくらは一杯だけ猪口に酌をした。若者はひと息で猪口の酒を飲み干すと、ほうっと息をついた。

「何んだかお疲れのようですね。難しいご商売のお話でもされていたのですか」

「商売の話なら、いっそ楽なんだけどね」

若者は皮肉な表情で笑った。

「あまりお構いできませんけど、ゆっくりしてらして下さいまし。その内にお店も落ち着くと思いますので」

「ああ」

若者は素直に応える。感じのよい若者だった。

小半刻（約三十分）ほど経った頃、いきなり店の油障子が開き、息を弾ませた十七、八の利かん気な顔をした娘が入って来た。娘は店内をぐるりと見回し、そこに若者の姿を認めると、つかつかと近寄った。

顔を上げた若者は「あっ」と短い声を上げた。だが、すぐさま娘は若者の頬に平手打ちを喰らわせた。ふくべの客達は驚いて、一瞬、店内はしんと静まった。

「お父っつぁんに断られたからって、尻尾巻いて逃げるのかえ。お前ェ、お父っつぁんと所帯を持つ訳でもあるまい。あたしがいいって言ってんだから、構やしないじゃないか。それとも何かえ、浅草の海苔問屋はあたしのような跳ねっ返りを嫁にしたくないと言っているのかえ。お前ェの親御は、あたしを気に入ってくれたじゃないか。それなのに、お前ェは何を迷うんだ。それほどうちのお父っつぁんが怖いのかえ。はばかりながら、お父っつぁんは火消し御用を務める『よ

『組』の頭だ。お父っつぁんは、七百人もの人足を束ねているんだ。並の心持ちじゃ頭はできない。へん、何だい。一度や二度断られるぐらい。そういう根性のなさが、お父っつぁんは気に入らないんだ。わからないのか、このとんちき！」

娘は辺り構わず、口から泡を飛ばす勢いでまくし立てた。若者は俯いて、しばらく何も応えなかった。

「お嬢さん、落ち着いて下さいまし。他のお客様のご迷惑になります」

おくらは慌てて娘を宥めた。開けっ放しの戸から、夜風が入って来た。おくらは戸を閉めると、若者の横に娘を座らせた。

「すみません」

殊勝に応えた娘の眸には膨れ上がる涙が湧いていた。おくらは娘の啖呵から、およその事情を察した。若者は商家の息子で、どこで知り合ったのか、よ組の頭の娘と相惚れになったのだ。よ組は三河町、鎌倉町、神田一帯を縄張りにして火消し御用も務める鳶職の組である。その組の頭となれば、ひと筋縄ではいかないだろう。若者は娘を嫁にしたいと父親に申し出て、あえなく断られたらしい。

「お嬢さんも、一杯お飲みになります？　それともお茶をお持ちしましょうか」

おくらは笑顔で娘に訊いた。店内の客も娘が落ち着いたので、ほっとした様子で酒を飲み出した。

「すみません。それじゃ、お茶を下さい」娘は蚊の鳴くような声で応える。

さっきの勢いはどこへ行ったものやら、娘は蚊の鳴くような声で応える。


「お嬢さんのお住まいは、この近所ですか」

夜になって家を飛び出した娘のことが気掛かりで、おくらは訊く。

「横山町（よこやまちょう）です。この人が立ち寄りそうな店を、ずっと捜していたんです。疲れてしまいましたよ」

娘はそう言って、額の汗を手の甲で拭った。

「帰りは若旦那が送って下さいますね」

おくらは念を押した。若者が黙っていると、娘は、若者の脇腹を肘（ひじ）で突いた。

「お、送るって。何んだよ、痛（いて）ェなあ」

若者は渋々、応えたが、ふと気づいたように「おれんちゃん、腹は減っていないかい？」と、娘の顔を覗き込んだ。

「うん……少し」

娘は、おずおずと言い、少し笑った。改めて娘の顔を見ると、かなりの器量である。色白の顔にくっきりとした二重瞼の眼が光る。鼻筋も通り、少し厚めの唇が色っぽい。若者が娘を見初めたのも無理はない。

「姐さん、魚を焼いてくれ。それに、めしと汁も。あと、何かうまい物があったら持って来てくれないか」

若者は如才ない口調で注文した。財布の中身を気にせず、金を遣うことに慣れている様子は、商売を抜きにして、おくらは気持ちがよかった。

「鯵(あじ)の干物がございますよ。豆腐の吸い物もご用意しましょうね。そうそう。卵焼きも拵えますよ。お嬢さん、お好きでしょう？」

おくらは娘の気を引くように言った。

「こいつ、卵焼きが大好きなんだ」

そう言うと、娘は若者の腕を恥ずかしそうに、ぴしゃりと叩いた。若い二人が、おくらには、ほほえましくて仕方がなかった。

周りのことなど気にせず、まっすぐに気持ちをぶつけ合う二人。そうだ、男と女とは、こんなふうに惚れて惚れられて一緒になるのがいいのだ。

やがて魚が焼け、卵焼きもできると、おくらは娘の前に運んだ。無邪気にぱくつく娘の顔は、もう不安など微塵もなさそうだ。若者は猪口を口に運びながら、何事か娘に囁く。

娘が肯く度、前髱（まえたぼ）に挿した銀のびら、びら、簪が揺れる。この二人の倖せを、おくらは祈らずにはいられなかった。

気がつけば、おくらは前垂れを眼に押し当てて泣いていた。その夜、巳之吉は現れなかった。おくらは寂しいと思わなかった。そう感じる自分の気持ちが不思議だった。

五

多分、おくらの気持ちに変化が起きたのは、ふくべで若い二人を見てからだろう。あの二人に比べ、自分は何んと薄汚い女だろうかと思った。自分の不始末に都合のよい理屈をつけていた甘ったれだった。

そう気づくと、巳之吉が訪ねて来ても、おくらは鍵を掛けて、決して中には入れなくなった。頭に血の昇った巳之吉が戸をがんがん叩いても、じっと息をひそめていた。今までの自堕落な暮らしを、すっぱりと断ち切り、これから独りでまっとうに生きていくのだと決心を固めていた。

おけいが四人目の子を産んだのは、江戸が秋の季節を迎えた頃だった。巳之吉は家族が増えたので、うかうかしてもいられない。真面目に仕事に励んでいる様子で、ふくべにも姿を現さなかった。そのまま自然に離れていけるのなら、これ以上のことはないと思ったが、それはおくらの甘い考えだった。四番目に生まれた亀吉のお七夜が済んだ頃、巳之吉はふくべにやって来た。

　おくらは苦手な蜘蛛でも見たように顔をしかめた。

「何んでェ、それほどいやな面をすることもあるめェ」

　普段はおとなしい巳之吉が珍しく嫌味を言った。眼が赤く血走っていた。つれないおくらの態度に業を煮やしている様子だった。

「いやな顔をしたつもりはありませんけれどね。お酒ですか」

　そう訊くと、巳之吉は応えずに醬油樽に腰掛けて、足を組んだ。いかにも不愉快そうだった。

「どうでェ、みのさん。仕事の按配は」

　常連客の留次が座敷から気軽な言葉を掛けた。留次は一人で飲んでいたので、話し相手がほしかった様子だった。

「放っといてくんな」

　巳之吉は吐き捨てた。

「ずい分な言い種だな。うちの親方はお前ェの家に子が生まれたんで祝儀を届けたはずだが、何も挨拶がねェとぼやいていたぜ。来月はお前ェの親方とうちの親方が一緒に現場を受け持つことになっている。ちったァ、気を遣ってくれねェじゃ、困るぜ」

留次はさり気なく巳之吉に小言を言った。

すると巳之吉は立ち上がり、つかつかと留次に近寄ると、留次の襟首を摑み「手前ェが祝儀を出した訳でもあるまいし、恩に着せるようなことは喋るんじゃねェ！」と吼えた。

「ほう、おれが祝儀を出していねェと言うのけェ。かみさんに聞いたらいいぜ。お前ェとは現場で顔を合わせることもあらァな。袖振り合うも他生の縁という諺もある。仲間内で少ねェながら金を出し合って届けたんだぜ。知らなかったのけェ」

留次がそう言うと、巳之吉はぐうの音も出なかった。そのまま、ぷいっと店を出て行った。

「何んて野郎だ」

留次は独り言のように呟いた。

「留さん、お怪我はない？　本当に困った人だね、みのさんは」

おくらは言いながら、こぼれた酒を布巾で拭いた。

「なあに、気にしねェが……」

留次はそう言って、おくらの顔をまじまじと見た。

「いやだ、そんなに見つめられたら、きまりが悪いじゃないの」

「わ、悪かったよ」

留次は慌てて取り繕（つくろ）った。おくらは店に客が少ないせいもあり、そのまま留次の横に座って酌をした。

「芝の現場はひと月ほど続いたが、この店のように、うまい酒と、うまい肴を出す店がなくて、おれァ、つくづく、ここが恋しかったぜ」

留次は酌をされて嬉しそうに言う。

「まあ、そうですか。ちょうど夏に掛かっていたから、暑さも大変でしたでしょうね」

「ああ」

「おまけに知らない土地で寝泊まりしていたんじゃ、心細さもあったでしょうし」

「いつもは仕事を仕舞いにしたら、湯屋へ行き、ここで晩めしを喰い、あとはヤサ（家）へ帰ェって寝るだけの暮らしよ。洗濯は近所のかみさんが引き受けてくれるんで、さほど不自由は覚えていなかったが、芝に行って、おれァ、つくづく思った。独りでいるのはよくねェってな」

「留さん、独り者だったの？　ちっとも知らなかった。身ぎれいにしていたから、ちゃんとおかみさんがいるものとばかり思っていたのよ」

おくらは驚いて言った。留次は、おくらがふくべで働き出した時には、すでに店の常連だった。だが、大工をしていること以外、留次のことは何も知らなかった。

「二十歳（はたち）の頃、所帯を持ったことがあるのよ。しかし、嬶ァは三年後に病で死んじまった。それから、ずっと独りよ」

「お気の毒に。おかみさんが忘れられなくて後添（のちぞ）えを貰（もら）う気になれなかったのね」

おくらは吐息をついて留次に酌をした。

「いや、縁があれば新しいかみさんを貰いたかったんだが、あいにく縁がなくてね」

「留さん、幾つだっけ?」

「三十五よ」

「まだまだ若いですよ。これからおかみさんを迎えて子供が生まれても大丈夫よ」

おくらは気軽な口調で言った。留次は返事をしなかった。おくらは居心地が悪くなり、そっと腰を浮かした。その拍子に留次はおくらの着物の袖を摑んだ。

「おれのことはいいんだ。おれはおくらさんが心配なのよ」

「あたしが?」

「ああ。小言を言うつもりはねェ。だが、おくらさんの相手が悪い」

「……」

留次に知られていたのかと思うと、髪の毛が逆立つような気持ちだった、おくらは唇を嚙み締めて俯いた。

「友達を裏切るような真似をしちゃいけねェよ」

人のことは放っといて、と口を返したかったが、その時のおくらにはできなかった。留次の言い方が優しかったせいだろう。

「留さん、このことは……」

内緒にしておいてと言うつもりが、言葉は途切れた。胸が詰まって、それ以上、言えなかったのだ。

「安心しな。おれは誰にも喋っちゃいねェ」

「ありがとう。恩に着ます。でも、あたしだって、向こうに四人目の子が生まれたし、そろそろ了簡しなけりゃと考えていたの。友達は、あたしのことをつゆほども疑っていないのよ。そんな友達を悲しませるのは、あたしだって辛いもの。子が生まれてからは、あたし、あの人と会っていないのよ。本当よ」

「了簡できねェのは、男の方か」

「………」

「おれに任せてくれるか？」

留次は突然、そんなことを言う。

「どうすると」

「知れたこと、話をつける。おれがおくらさんと一緒になるから、手を引けと言うさ」

「………」

「なに、一緒になるのは方便さ。うそも方便と言うじゃねェか」

留次は慌てて言い繕った。おくらは黙ったまま頭を下げた。その時は留次に頼るしかないと思った。

留次と巳之吉との間に、どのような話があったのか、おくらは知らない。しかし、巳之吉はそれから、ふくべを訪れることも、夜更けにおくらの家の戸を叩くこともなくなった。

六

思い返せば、巳之吉とのことは、まるで薄氷を踏むような危うい関係だった。おけいに知られなかったことは、おくらにとって幸いだった。天の神さんも、あまりにひどい話だから、表沙汰にならないようにとり計らったのだろうか。

おくらは神社を訪れる機会があれば、自分の今までの不始末を詫び、また、おけいに巳之吉との関係を知られずに済んだことを感謝したものだった。

あれから、留次とは時々、縁日へ行ったり、両国広小路であやつり芝居を見たりすることもあったが、巳之吉を待っていた時のように、激しいものは感じなかった。留次はどこにでもいる平凡な大工職人である。男前ではないが、醜男(ぶおとこ)でもない。だが、一緒にいると、不思議に気持ちは安らいだ。

所帯を持とうかという話は、まだ二人の間に出ていなかった。お互い、分別盛りの年になると、思い切って踏み越えることができない事情もある。

留次は裏店住まいをしているので、早い話、おくらの家で一緒に暮らせばよさそうなものだが、もしもうまく行かなくなった時のことを考えると、おくらは及び腰になる。また、巳之吉との関係を知っている留次が、内心で気詰まりでもあった。留次は決して巳之吉のことを口にしなかったのだが。

おくらは相変わらず、時刻になればふくべに行き、夜の四つ（十時頃）まで店を手伝う。留次は仕事を終えると、ふくべにやって来て、一杯飲みながら晩めしを摂る。その時にどこかへ行こうという話が出た。応じることもあれば、断ることもあった。断っても留次は機嫌の悪い表情は見せなかった。

「そいじゃ、またこの次」

と、あっさり引き下がる。おくらにとっても気が楽だった。そうして留次とは、つかず離れずのまま時は過ぎて行った。

おけいの父親が亡くなったのは翌年の春だった。かなりの年になっていたが、特に病を患っていた訳でもなく、毎日、少しずつ下駄を拵えて過ごしていた。ところがある日、晩めしの後で、少し気分が悪いと言って、早めに蒲団に入ったそうだ。朝になると父親は冷たくなっていたという。家にいた者は誰も父親の異変に気づかなかったらしい。

もちろん、おくらはふくべを休んで悔やみに行った。おけいは涙をためた眼で、「あたしが子供達の世話で忙しいと思って、お父っつぁん、静かに逝ってしまったのよ」と、おくらに言った。

しばらく見ない間に、母親のおきみはすっかり老け込み、身体もひと回り小さくなっていた。巳之吉は悔やみに訪れた客に殊勝に挨拶していたが、おくらには言葉を掛けなかった。おきみは駆けつけたおくらに何度も頭を下げていたが。

自宅での葬儀が済むと出棺で、三角の白い布を頭につけた家族と親戚が本所の寺まで列を作って進んだ。

おくらは家の前で掌を合わせ、葬列を見送った。おけいは母親を気遣いながら葬列の後ろを歩いていた。その横には供物の膳を携えた巳之吉がいた。三人がおくらの前を通った時、おくらは深々と頭を下げた。巳之吉はおくらに気づき、つかの間、こちらを向いた。

「振り向かないで！」

その瞬間、おけいの声がした。はっとして顔を上げると、おけいは強い眼でおくらを見ていた。

「よそ見しないで、前を見て」

おけいは言い直す。それから、ふっとおくらに笑った。その表情は、いつものおけいだった。

葬列が行ってしまっても、おくらはしばらく、家の前に佇んでいた。耳には、振り向かないでと言ったおけいの声がこだましていた。

おくらは、おけいの言葉の意味を胸で反芻した。おけいが何も知らなければ、あんな言葉は出る訳がない。すっかり片がついたといえども、男は昔の女を、そうそう忘れるものではないだろう。ついこちらを見てしまった巳之吉をおけいは制したのだ。

振り向かないで。もしかして、それはおくらに対して言った言葉なのかも知れない。

(おくらちゃん、もういいでしょう？　もう、うちの人に構わないで)

おけいは、そう言いたかったのだろう。

大丈夫よ、おけいちゃん。あれは子供の麻疹のようなもの。熱に浮かされて世迷言を喋っただけだよ。あんたから、みのさんを取り上げようなんて、毛頭考えたことはなかったのよ。だって、あたしとあんたは友達じゃないの。

友達だからと声に出して、おくらは咽んでいた。もう、おけいとは昔のような友達同士の間柄に戻れないのだと、おくらははっきりわかったからだ。

「おィ、おくらさん、どうしたい」

留次が道具箱を肩に担いだ恰好で声を掛けた。

「今、野辺送りの行列が通ったのよ」

そう言うと、留次は道具箱を下ろし、今にも泣き出しそうな空を見上げた。

「昼から雨になりそうだってんで、早仕舞いしたわな」

留次は仕事を切り上げた理由を独り言のように言う。

「おけいちゃん達、雨に降られなければいいけど」

「だな」

「留さん、もしかして、おけいちゃん、気がついていたみたいよ」

おくらは足許に視線を落とし、低い声で言った。

「何が」

留次は、つかの間、怪訝な顔になった。

「あたしの内緒事」

「そうか……ま、女房の勘ってのは鋭いからな。だが、とことん白を切ってやるのが相手のためだ。もう済んだことだ。おくらさん、忘れな」

留次はさらりと言う。

「ええ、忘れる。忘れることがおけいちゃんのためよね」

「そうだよ」

「でも、これであたし、たった一人の友達もいなくなっちまった」

おくらは、やけのように声を張り上げた。

ふっと留次が笑った。

「友達なんざ、餓鬼の頃までの話よ。大人になりゃ、友達よりも亭主や女房が大事になる。それが普通だ」

「そうか、それが普通なのか」

「ああ、しょげることはねェ。おれがついているじゃねェか」

「本当だ。留さんがいたね」

おくらは悪戯っぽい顔で笑った。

「今ごろ、思い出してやがら」

留次は苦笑して鼻を鳴らした。

「留さん、お昼まででしょう？　うどんでも拵えるよ。中に入って」

おくらは、そう言って留次を促す。肯いた留次の顔が嬉しそうだった。外は間もなく雨になり、半刻後には本降りになった。

無心にうどんを啜り込む留次を見ながら、おくらは、おけいの言葉を思い出した。そして胸の中で「もう、振り向かないで」と、自分で自分に言い聞かせていた。

雨はなかなか止まなかった。

解説

東（あづま）えりか
（書評家）

宇江佐真理の小説を読むとほっとする。江戸時代を舞台にしながら、どの時代でも変わらない人々の営みや心の機微、悲しみや喜びが描かれている。それがしみじみと胸に沁みる。

東日本大震災からちょうど三ヶ月が過ぎた今、この解説を書いている。あの大地震と巨大な津波は、それまで経済不振やら雇用問題やらに倦んでいた日本人の心境を確実に大きく変えた。先の見えない原発問題はそれぞれの自覚を促し、生存本能を呼び覚ました。

あまりにも大きい天災のあと、一時期、人は高揚感を味わうという。その後茫然自失が訪れ、無力感に苛まれ始める。生き残ってしまった罪悪感と不安に押しつぶされそうになり、心の病に罹る者もでてくる。

今、人々の口に上るキイワードは「絆」だ。家族を亡くし途方にくれているときも、避難所では誰かが手を差し伸べてくれる。いつの間にか希薄になってしまった地域のつながりも、もう一度確認された。誰かが誰かとつながって命を紡いでいく。当たり前のことなのに、忘れ去られていたことの大切さをかみしめている。

この『彼岸花』はまさにその「絆」をテーマにした短編集である。家業が傾いたために見知らぬ「つうさん」に預けられたおたえ（「つうさんの家」）。父親の病気で隣の梅次とおかつ夫婦に育てられた三吉（「おいらのツケ」）。小さな尼寺の四人の尼と捨てられたおと（「あんがと」）。生みの母親に腹を立て、ちゃっかりした妹おたかを許せないおえい（「彼岸花」）。ぼけた姑を義姉おさわと世話するおりよ（「野紺菊」）。親友の夫と不義に耽るおくら（「振り向かないで」）。

どの物語にも悪人はいず、さりとて特別善人というわけでもない人が主人公だ。誰だって欲もあるし自我も通したい。不幸になるのは嫌だから、どこかで踏みとどまろうとする。しかし何かがきっかけで転がり始めてしまう。

この短編集の主人公たちは転がる速度が増す前に踏ん張る。ふと周りを見れば、そうやって踏ん張る人がたくさんいることに気づく。

江戸時代がこうやって人の絆を大切にした時代かどうかはわからない。きっと勝手気ままに生き、悪事に手を染め落ちるところまで落ちる人もたくさんいただろう。そんなのは、現代と一緒なはず。でも、宇江佐真理の小説では読みたくない。

大震災の後、何をする気も起こらず仕事もなくなり途方にくれていたときに、この本を読んだあとの安堵感。女性中心で揺るがない世界観がこんなに心地いいものだということを、今まで気づかなかったことが恥ずかしい。

一人では生きられない、家族を作りたいと切に願う女性が増え、結婚をする人が多いとニュースで見た。『彼岸花』を読めばその欲望は一層高まるだろう。エロティックなシーンが殆どないにもかかわらず、物語から感じられる人肌のぬくもりが恋しくなるに違いない。じんわりと人の体で温められる気持ちよさがどの小説からも感じられるのだ。

生きることは居場所を確保すること。誰かに必要とされること。仕事をして足場を固めること。そんなメッセージをもらったような気がする。足元がぐらついている今だからこそ、読むべき小説だと思う。

そろそろベテランの域であるこの作家のプロフィールを語るのもおかしいが、本書で初めて手に取ったという方のために簡単にご紹介しよう。

函館生まれで函館育ち。生涯函館に住んでいたと言ったら読者は驚くかもしれない。江戸時代の江戸の町を生き生きと描き出した小説は、遠い北海道で生まれていたのだ。「山東京伝と銀座」というエッセイの中で、彼女はこう語っている。

——私は江戸を舞台にして小説を書いているが、どうして地方にいて、そんなに江戸が書けるのかと質問されることが多い。(中略)知っているものか、私は私の想像した江戸を書いているに過ぎない。

それは田舎者が東京に憧れる裏返しのようなものだと思っている。東京を通り越して江戸まで行ってしまったというだけだ——

江戸時代に暮らした人がいない今、時代小説はファンタジーである。宇江佐真理という作家の頭の中の江戸がとても魅力的なだけだ。

高校生で小説に目覚め、ある受験雑誌の小説募集に応募し佳作となる。このとき同じ佳作に入選したのが四十一歳で早世した佐藤泰志である。そう、『海炭市叙景』(小学館文庫)で見直され、現在でも多くのファンを持つ注目の作家と同期なのだ。

その後もこつこつと書き続け九五年に『幻の声』で第七十五回オール讀物新人賞を受賞。少々年のいった新人だが、時代小説家なら珍しくない。この作品から生まれた『髪結い伊三次捕物余話』（文春文庫）はシリーズとなり八作を数えて代表作のひとつとなっている。二〇〇〇年には『深川恋物語』（集英社文庫）で第二十一回吉川英治文学新人賞を受賞。このときはダントツの一位だったと記憶している。特に選考委員の浅田次郎や阿刀田高、高橋克彦は絶賛に近い。私も当時、作品を読んで一作ごとに世界観が広がっていくのに驚いていたから、当然の結果だと思った。

直木賞候補には何回も上がったが、受賞には至らなかった。だが、実力を疑う者は誰もいない。

女性の読者が多いのは共感する所が多いからだ。大工の亭主をもち、家事をこなしながら台所のテーブルで生み出される物語は、臨場感いっぱいだ。そういえば大工の登場する小説が多いことに気が付いた。本作品でも「おいらのツケ」の三吉は大工の弟子だ。道具の手入れなどやけに詳しいわけだ。それ以外にも職人の話は鮮やかだ。気風（きっぷ）のいいおかみさんは、多分彼女そのままなのだろう。

実は私は一度お会いしたことがある。吉川英治文学新人賞の授賞式のとき、初めて挨拶させていただいた。当時、私は北方謙三氏の秘書を務めていた。北方ボスはこの賞の選考委員であったのだ。この選考会で彼は別の人を推していた。

『深川恋物語』の受賞に納得はしたものの、自分が推した作品が評価されなかったことに少しむくれていた。

そこに宇江佐さんが登場した。最初に放った言葉は「うわっ、生北方だ！」。傍で聞いていた私は思わず吹きだし、「本物ですが嚙み付きません」と呟いた。ほんわりとした風貌で小説家らしくないのに、言葉の端々が鋭く、さすがに違うなあと感心した。そのあと偶然にタクシーをご一緒し、「作家・北方謙三」の裏の生活を根掘り葉掘り聞かれたのは、東京の作家がどう遊んでいるか知りたかったからだろうか。それからすぐに多くのファンを持つ人気作家となった。

宇江佐真理の小説は中毒になる、とよく聞く。ゆるぎない安定感はデビュー当時から培われ、熟成し完成されたものだ。どの作品を読んでも当たりはずれがなく楽しめるから、読者も安心して手に取ることが出来るのだ。

江戸物の小説がブームになってからずいぶん時間が経った。その昔は永井路子、杉本苑子、有吉佐和子など数えるほどしかいなかった時代物の女性小説家が、今では数え切れないほど活躍している。新人賞の受賞者に男女差はない。このブームを作り支え牽引してきた一人に宇江佐真理がいるのは間違いない。

刊行数は六十冊をこえている。時代小説家は五年、十年と続ければ過去の作品が肥やしとなり、さらに大きな世界観につながっていく。江戸の町や北海道の話が積み重なりもっと壮大な物語となるだろう。そういえば本書のあとに発売された『通りゃんせ』（角川書店）はタイムスリップものだったな、と思い出し、引き出しの多さに驚きつつ次の物語にも期待してしまうのだ。

向島幻影

由原(よしはら)かのん
(作家)

幼い頃読んだ絵本に、穴だらけのチーズが描かれていた。私が生まれた昭和三十年代は、今ほどチーズの種類が豊富に出回ってはいなかった。当時は普通のチーズすら食べたことがなかった私は、これはしゃりしゃりとした美味(おい)しい菓子なのだと思い込んだ。エメンタールチーズを実食したのは随分と大人になってからだ。当然のことながら長年想い重ねた極上の風味とは全く別の味わいだった。だが「穴あきチーズ」への憧憬(しょうけい)は今も消えてはいない。この年齢になっても何か美味(うま)いものが食べたいと漠然と思う時、あの穴あきチーズがふと浮かんでしまう。それは私の好きな食感と味が詰まった、この世には存在しない幻想のスイーツなのだ。

そんな訳(わけ)で、私が本の世界に入り込む切っ掛けは一片の穴あきチーズだった。食い気という本能むき出しの幼年期を過ぎると、私の読書傾向は歴史物に移り、今で言うところの歴女になった。見るドラマも時代劇ばかりだ。その当時は股旅物が多かったせいか、私は段々と諸国行脚に憧れるようになった。そこから古街道にも興味を持った。本の中に具体的な地名や道筋が出てくると、すぐに地図で確かめる。等高線を見て、道の険しさに思いを馳せる。これが何とも楽しい。

『彼岸花』の冒頭にある「つうさんの家」は多摩川上流の村にある。深川から三日掛けてやってきた道は甲州街道だろうか。主人公の両親はその後に大坂まで行ったというから、甲州街道の終点である下諏訪まで出て、中山道経由で上方を目指したに違いない。いや、物語の肝は旅ではないのだが、風景描写の細かさについ私の街道好きが刺激されてしまう。

「おいらのツケ」と「あんがと」に描かれた本所や深川は水路が多く、材木問屋の木の香に溢れた町だ。「野紺菊」に出てくる両国橋界隈は、日に三千両の金が動くと言われたほど商売と遊興で賑わう盛り場だった。「振り向かないで」の舞台は今の人形町、元吉原と呼ばれた辺り。花街の葭町も近く、色恋を語るにはもってこいだろう。表題作「彼岸花」の主人公が住むのは、浅草の隅田川対岸にある小梅村だ。ここがまたいい所なのだ。

小梅村を含む地域を広く向島と言った。現在も墨田区にその町名を残すが、江戸期の向島はもう一回り広い範囲を指した。言葉を並べてもわかりづらいだろう。今は良いランドマークがある。隅田川の東岸、東京スカイツリーが聳える辺りだ。

江戸っ子にとって向島は憩いの場所だった。ごった煮のような江戸の町から隅田川をちょいと渡るだけで、長閑な田園風景が広がっている。人々はこの地に遊び、分限者は別宅を建てて隠居後の住まいとした。

向島を北東から南西に流れる曳舟川は、当初は本所を開拓する際に引かれた上水だった。享保年間に上水としての役割を終えてからは、四ッ木から亀有の間を旅人を乗せた舟が行き来していた。客と荷を乗せた平底舟の舳先に棒を立て、そこに結んだ縄の先を岸辺の船頭が一人で曳く。岸辺の道は四ッ木道といって、水戸街道に通じる脇往還だった。

この曳舟川が小梅村に入ると、両側に土手を築いた水路となる。小梅堤と呼ばれた名所で、かの歌川広重も名所江戸百景に絵を残している。田畑を割る流れに架かる土橋、釣りを楽しむ男、橋の上をのんびりと行き交う人々。土手の下には茶店も見える。秋の夕暮れも美しいが、雪景色もまた格別だったという。曳舟川は隅田川から引かれた大横川と行き合う辺りで堀留になっていた。大横川との間は土手で仕切られて、これを〆切土手と呼んだ。土手の東側は流れを失った水溜まりになっており、夏には鷭（ばん）という水鳥が集まってくる。ここは徳川将軍家の御鷹場に定められていた。

楽しみは景色ばかりではない。幕末近くに開園した四季の花咲く向島百花園は、元は梅屋敷と呼ばれて、蜜蜂を寄せるが如く文人墨客（ぶんじんぼっきゃく）を集めた。遊び心に溢れた彼らは初春の向島をもっと楽しもうと、七福神めぐりなるものを考え出した。百花園の福禄寿を始めとして、向島に点在する寺社に祀られた七福神を巡り歩く。ただ散策するよりも、スポットを定めて歩いた方が楽しみが増すというものだ。

そんな行楽客を当て込んで、向島には料亭が多かった。風呂を備えた店もあり、湯上がりは揃いの貸し浴衣を着て、池のある庭園で涼む。その後は庭に面した座敷で、隅田川名物の紫鯉の料理を楽しんだ。紫鯉とは何だろう。隅田川で捕れる鯉は口の端が青みがかっていたので、そんな名が付いたらしい。これだけ至れり尽くせりだから、当然値段も張る。一人前の料金が、最低でも裏店の店賃の二か月分近くは掛かったようだ。高値ではあるけれども、まるきり手の届かぬ金額でもなかろう。

つらつらと書き綴ってきたが、今ひとつ向島を楽しむ気分が伝わりにくい。ここは誰かに歩いてもらって、彼らの背中を追い掛けてみたい。

向島を逍遥する二人は、浅草の裏店に住まい、青物の棒手振りで息子三人を育て上げた老夫婦としよう。さて、その夫婦の所へ独り立ちした長男坊がやって来る——。

「父ちゃんよう。母ちゃんと一緒に向島へ行っておいでよ。兄弟で銭出し合って、料理屋の大七に席を取っておいたからさ。長いこと働いてきたんだから、たまにはゆっくりしてきなよ。まあ親孝行の真似事だけどさ」

「親孝行だと。いっぱしの口きくじゃねえか。まあ、そこまでお膳立てしてくれたんなら、行かなきゃ損てもんだ。仕方ねえ、行ってやるか」

渋々承知した態を装うが、老夫婦はいつもよりも早起きした。一張羅の着物を着込んで明け六つの鐘と同時に長屋を出る。浅草から吾妻橋を渡る辺りでお天道様が顔を出す。渡り切った橋の東詰はまだ町家が建て込んでいる。

そこから北に歩いて、水戸徳川家の下屋敷と堀の間の道を抜けていく。角を曲がると、いきなり景色が開けた。稲刈りを終えた田んぼが視界いっぱいに広がる。田園を渡る朝風に土の匂いが混ざる。長屋を出てから幾程も経たぬのに、遠い田舎に来たようだ。

美味い汁粉を出すという料亭小倉庵を横目で見ながら、二人は小梅堤の下に出る。のんびりと歩を進める老夫婦を旅人が追い越していく。

梅屋敷まで足を延ばした夫婦は、秋草を愛でながら持参の握り飯を頬張る。さあ、また腹を減らしておかないと、折角（せっかく）の料理が入らない。二人は隅田川の土手道を歩いて戻る。墨堤に並ぶ山桜の葉は早くも赤く色づいていた。

「桜紅葉もいいけどさ、やっぱり花が見たいねえ」と、女房が遠回しに花見をねだる。

土手道から下りて長命寺（ちょうめいじ）に立ち寄る。長命寺と言えば名物は桜餅だ。餡入りの餅は三枚の桜葉で包まれて、まるで蓑虫のように見える。それを竹で編んだ小籠に詰めてもらう。隣近所へ配ったついでに、「倅どもの奢りで向島に行ってきたんだよ」と自慢してやろう。

料理屋大七に着いた二人は、まず風呂に入る。湯船の周りは石造りで、籠もった湯気で身体の芯までほかほかだ。湯上がりは弁慶格子の浴衣を借りて、庭を眺めて一休み。程なく料理が運ばれてくる。生け簀から上げた鯉の洗いの活きの良さ、粒の大きい業平蜆（なりひらしじみ）の汁はこっくりと喉を通る。銚子の酒を差しつ差されつするうちに、ほろ酔い気分になってゆく。

秋の日は短い。名残惜しいがもう帰ろう。陽の傾く畦道を歩いて、小さな旅の最後は三囲稲荷に詣でる。願い事はただ一つ、倅どもの無病息災だけだ。参拝後は本殿横の鳥居を出て、墨堤の石段を上がる。土手の上から振り向けば、「三圍社」と記された鳥居の神額が目の高さにある。この鳥居は川船から眺めると、土手にめり込んだように見える。その奇妙な景色を江戸っ子たちは面白がるのだ。北の彼方には茜に染まる筑波の峰、川下に目を転じれば、夕日を背にした富士山が藍色に陰っている。涼やかな川風に身も心も洗われるようだ。

土手の下には浅草へ帰る竹屋の渡しの船着場がある。桟橋に立った若い女が大川に向かって声を上げた。

「たけやー」高く唄うように対岸の船頭を呼ぶ。澄んだ声が広い川面を渡り切ると、川向こうから、おーうと船頭の声が返ってきた。

「また来たいねえ」夕映えに目を細めた古女房がぽつりと言う。

「そうだなあ。じゃあ来春の花見にまた来るか」

「その時は小倉庵のお汁粉を食べたいねえ」

「何でえ、おまえはやっぱり花より汁粉か」

黄昏の家路に手土産の桜餅が甘く香っていた――。

江戸は私の憧れの地だ。だが、どう足掻いても、百数十年前の江戸を実際に訪ねることは叶わない。時代劇や物語の中にある江戸の香りを楽しむ、その香りを元にまた限りなく想いを重ねる。江戸の町にも今と同じ汚さも生きづらさもあっただろう。でも思い描く江戸の町は、忠義に生きる侍や人情味のある町人に溢れていても構わない。本当の江戸よりも江戸らしい、この世には存在しない幻想の町を好き勝手に楽しめばいい。

今は墨堤の上に首都高速向島線が通っている。コンクリートの天蓋に覆われた風景は少々息苦しい。長閑な田園風景は向島から消えてしまった。だが江戸っ子が愛した土手にめり込んで見える三囲神社の石鳥居はまだ健在だ。

令和の御代では、その鳥居の笠木越しにスカイツリーを望める。江戸と東京が重なる不思議な景色だ。いにしえの江戸っ子たちもこれを見たら、きっと愉快に思うだろう。

二〇〇八年十一月　光文社刊

光文社文庫

彼岸花（ひがんばな）　新装版
著者　宇江佐真理（うえざまり）

2024年2月20日　初版1刷発行

発行者　三宅貴久
印刷　新藤慶昌堂
製本　ナショナル製本

発行所　株式会社 光文社
〒112-8011　東京都文京区音羽1-16-6
電話（03）5395-8147　編集部
8116　書籍販売部
8125　業務部

ISBN978-4-334-10215-9　Printed in Japan

組版　萩原印刷

光文社文庫最新刊

令和じゃ妖怪は生きづらい　現代ようかいストーリーズ　田丸雅智

異変街道　上・下　松本清張プレミアム・ミステリー　松本清張

彼岸花　新装版　宇江佐真理

いくつになっても　江戸の粋　細谷正充・編

仇討ち　隠密船頭㈩　稲葉　稔